张岂之 著

不舍集

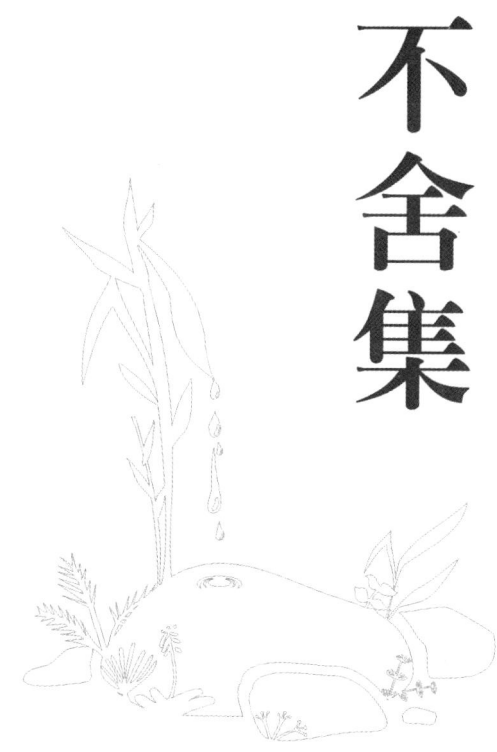

陕西师范大学出版总社

图书代号：SK18N0852

图书在版编目（CIP）数据

不舍集 / 张岂之著 . —西安： 陕西师范大学出版总社有限公司，2018.6
　ISBN 978-7-5613-9963-7

Ⅰ．①不… Ⅱ．①张… Ⅲ．①随笔—作品集—中国—当代　Ⅳ．① I267.1

中国版本图书馆 CIP 数据核字（2017）第 096870 号

不舍集
BUSHE JI

张岂之　著

出版统筹 /	刘东风
选题策划 /	侯海英
责任编辑 /	谢勇蝶　胡杨
责任校对 /	杨　雯
出版发行 /	陕西师范大学出版总社
	（西安市长安南路 199 号　邮政编码 710062）
网　　址 /	http://www.snupg.com
印　　刷 /	陕西天丰印务有限公司
开　　本 /	889mm×1194mm　1/32
印　　张 /	5.75
插　　页 /	2
字　　数 /	100 千
版　　次 /	2018 年 6 月第 1 版
印　　次 /	2018 年 6 月第 1 次印刷
书　　号 /	ISBN 978-7-5613-9963-7
定　　价 /	32.00 元

读者购书、书店添货或发现印刷装订问题，请与本公司营销部联系、调换。
电话：（029）85307864　85303629　　传真：（029）85303879

序言

我的学术随笔《春鸟集》于2017年5月由陕西师范大学出版总社出版后,我即着手整理另一本学术随笔《不舍集》,仍然请陕西师范大学出版总社编辑出版。

战国时期思想家荀子(约前298—前238年),在《劝学》篇中有这样的名言:"积土成山,风雨兴焉;积水成渊,蛟龙生焉;积善成德,而神明自得,圣心备焉。故不积跬步,无以至千里;不积小流,无以成江海。……锲而舍之,朽木不折;锲而不舍,金石可镂。"这里,荀子阐述了一个真理:泥土积累成为一座山,风雨由此兴起;水积成深渊,这里出现蛟龙;人积聚善行,成为美德,智慧聪明也由此产生。因而不从积累半步一步开始,走不了千里之遥;不积若干细小的支流,也形不成汪洋大海。一切皆形成于积累。由此可知:如果人们不能坚持做一件事，就不能做成任何事情。以雕刻为例，如果刻一下就停止，即或是朽木也难以刻透；只有不间断地雕刻，即或是金石也能成为精美的艺术品。总之，荀子在《劝学》篇中所讲的道理，集中到一点上，就是"锲而不舍，金石可镂"。

我的这本学术随笔集，公开出版，经过了较长时间。早在2008年1月，西北大学校友吴小强同志在广州大学教书，他编了一本校友间传看的内部文稿集，名《张岂之先生随笔》，其中有些文章，我此次收进《不舍集》中，在此表示对小强校友的感谢。

《不舍集》成书，西北大学中国思想文化研究所的夏绍熙博士在稿件的整理和编校方面做了不少工作，减轻了我的许多负担，谢谢他。

张岂之

2018年3月于西安市西北大学中国思想文化研究所

目录

通论

002　文化自信的深厚历史底蕴
019　大学素质教育与中华传统美德
030　中华优秀传统文化的生命力

读书心得

040　怎样读《孟子》?
050　《十三经注疏》的学术价值
054　评荐《清通鉴》

058　我读《经史说略》

062　从一本书里想到的文化问题

069　读《中国文化史要论》

073　大学："文化中心""经济中心"？

076　《众妙之门》序言

079　《中国古代医学伦理道德思想史》序一

083　历史与文明
　　　——《中国历史十五讲》序

087　素质教育图书该是什么样？

092　《城市国学讲坛》第一辑序

思想文化研究

098 "理学"的开端:二程的《易》学思想

117 论明代刘蕺山学派思想的贡献

131 17世纪清朝初期中国学术史上的两大家:
　　　东南的黄宗羲与关中的李颙

139 中华优秀传统文化中的"道"与道教文化

149 陕北文物点考察记

163 忆《宋明理学史》的撰著
　　　——邱汉生先生对《宋明理学史》一书的贡献

通论

文化自信的深厚历史底蕴

2016年5月17日习近平总书记在哲学社会科学工作座谈会上的讲话，论述了文化自信的重要性。他说："我们说要坚定中国特色社会主义道路自信、理论自信、制度自信，说到底是要坚定文化自信。文化自信是更基本、更深沉、更持久的力量。"这个论述是关于中华优秀传统文化内在精神的总概括，也是我们对待社会主义先进文化的基本信念。

一、文化自信是对中华文明史深刻认识的体现

中华文明有5000多年没有中断的历史，这是我们关于文化自信的坚实立足点和出发点。众所皆知，陕西省黄陵县有黄帝陵，历代在这里祭祀人文初祖黄帝。2015年2月，习近

平总书记到陕西视察工作时指出:"黄帝陵是中华文明的精神标识。"对此加以阐发,使更多的人了解,从而建立坚实的文化自信基石,这是十分必要的。

"文明"一词不是外来语,《尚书·舜典》中的"浚哲文明",指治国理政者应当具有文明的美德。唐代孔颖达《疏》的解释说:"经纬天地曰文,照临四方曰明。"在中华历史文献中,对"文明"的赞美很多。与"文明"相对的是愚昧野蛮,由此产生了"文野之分"的理论,这一直是中华儿女熟记于心的箴言。

我国历史学家和考古学家研究中国文明起源,有一种看法,认为中国从原始社会进入文明社会,建立国家的时候,保留了氏族血缘关系,形成了"家国一体"的模式,走了与西方古希腊不同的发展道路。

二、中国的文化血脉

春秋战国时期,中国产生了"诸子百家",据汉代司马谈的看法,其中有阴阳、儒、墨、名、法、道德(即道家)

共六家。汉代史学家班固在《汉书·艺文志》中将诸子划分为儒、道、阴阳、法、名、墨、纵横、杂、农、小说十家。

中国历史上出现"百家争鸣",有其历史条件。战国时代,"士"这个阶层特别活跃起来,他们中有些人是从贵族中分化出来的,有些人则出身于平民阶层。"士"有参与政治的权利,其中有一部分人专门从事学术活动。这种古代社会的变动促进了战国时期学术的繁荣。

儒家创始人孔子着重论述关于"仁"的思想,将"仁"解释为"爱人",一方面是"己所不欲,勿施于人"(《论语·颜渊》《论语·卫灵公》),另一方面是"己欲立而立人,己欲达而达人"(《论语·雍也》)。孔子认为,在"君子"(有道德修养的人)的生命中,恪守道义是必不可少的。君子为道义而活,非为富贵而生,这些才体现出君子的人生价值所在。孔子是中国思想文化史上最早论述人生价值观的思想家、教育家。他的文化自信表现在他一生为实现人生价值而奋斗的事迹上。

秦汉之际有一部书,名《礼记》。《史记·孔子世家》说它是孟子的老师子思的著作。后来,《礼记》中的一篇《中庸》

受到唐朝思想家、文学家韩愈的推崇。南宋时理学家朱熹在前人研究的基础上，将《礼记》中的《大学》《中庸》与《论语》《孟子》编在一起，称为"四书"。朱熹为"四书"作注，称之为《四书章句集注》，对元明清三朝思想文化产生了很大影响。

《中庸》中的一个核心理念，称为"诚"。从自然界看，"诚"是四季、昼夜的更替，按天道规则运行。君子与此相应，按规矩做人办事，不得妄为。这也就是说，君子在自尊、自信、自律、自省上应有所建树。为此，《中庸》强调君子应"博学之"（广博地学习）、"审问之"（详细地向人请教）、"慎思之"（周密地思考）、"明辨之"（明确地区别是非善恶）、"笃行之"（切实地身体力行，知行合一）。

孙中山先生赞赏《中庸》上述五种学习方法，曾经手书赠给广州中山大学，希望师生们以此为学习的座右铭。

先秦诸子中对自然科学研究最广泛、深入的是墨家。墨子是墨家的创立者，他和他的后学建立起严谨的逻辑体系，并将它应用于自然科学，对时空、光学、力学、几何学等方面的问题，用逻辑语言加以分析概括，体现了春秋末期科学家和能工巧匠们的创新思路。

墨子主张实行贤人政治，使社会上的贤良之士增多，办法是"富之，贵之，敬之，誉之"（《墨子·尚贤上》）。给贤良之士丰厚的物质待遇，高贵的社会地位，信任、敬重他们的才能，表彰他们的成绩，造成鼓励贤良之士成长发展的社会环境，这样贤人就会越来越多，用他们去治国就会显出成效来。

墨子的文化贡献集中表现在他对中国古代自然科学做了奠基工作。墨家学派后来中断，未能传承下去，但墨家的自然科学理论与"尚贤"的文化思想被后代继承发扬。

哲学是时代的反映、民族文化的灵魂。关于"天道"与"人道"的相互关系的研究，是中国古代哲学的基本问题。老子创立的道家学派深入研究"天道"与"人道"的相互关系，构筑了完整的理论体系，成为中国哲学开创研究的标志性成果。

在老子哲学中，"天道"受到赞扬，而"人道"则遭到贬损。在他看来，"道"演化为天地万物，没有神力，没有矫饰，自然而然。《老子》书（又名《道德经》）称："人法地，地法天，天法道，道法自然。"（《道德经》第二十五章）"天道"不争，不言，不骄，没有制物之心，像无形的巨网广大无边，虽稀疏但没有任何遗漏，将一切事物都囊括在其中。与此不同，"人道"便显得自私、不公。于是问题产生了：如何改造"人道"？老子的回答是："人道"应效法"天道"。

老子关于"天道"与"人道"的论述，展示了中国古代辩证思维的绚丽画卷，反映出哲人的智慧和洞察力。毋庸讳言，老子哲学用自然的"天道"否定"人道"自身的特点，在理论上有其偏颇的一面。不过，在历史的进程中，我们可以看到，当封建社会的治理者在一定范围内将老子哲学的某些方面加以实行的时候，确实有过若干成效。

三、中国古代政治文明的特色

在中华文明中，政治文明占有重要的位置。中国历史进入战国时期（公元前475—前221年）后，一种新的政治体制产生，这就是中央集权制。这反映在逐渐用郡县制代替分封制。春秋时期，秦、楚等国设立县和郡，作为新的行政建制。县在中心区域，郡在边远地区。郡县的官员不再是世袭领主，而是由君主委派官员直接管理。

郡县制取代分封制，有两个重要意义：一是在国家制度中由地域关系取代血缘关系，使早期的部族国家转化为疆域国家；二是国家管理人员由职业官员取代了世袭领主。

战国时另一个重大变化是：逐渐形成了区域性的集权制度，其中以秦国最为典型。从秦孝公到秦王嬴政，建立起由君主执掌大权、卿士执行的制度，实行"耕""战"并重的法家政策，为秦国统一六国奠定了基础。

秦王朝（公元前221—前206年）实现了统一大业，在中国历史上建立了大一统的国家，意义重大。

一个王朝，在治国理政的政治措施中，最主要之点是：如何选拔辅佐皇帝治国的百官臣僚。这在中国历史上积累了丰富的经验。汉代以察举（即推荐官员）为主体的选官制度，解决了战国以来军功制和养士制不适应治理国家的问题，比较成功地实现了由夺天下到治天下的转变。

隋、唐时期在官吏的选拔上有新的进展，创建了科举制。这种制度改变了前代选官制度中的权力下移之弊，适应了加强中央集权的需要。而且，科举制力求将教育制度与选官制度结合为一个整体，在一定程度上保证了官员队伍的知识化，使社会思想与统治思想相结合,在维护社会稳定方面有明显的作用。因此,科举制度不仅得到唐代统治者的重视,而且得到以后各个王朝的重视,成为中国古代政治文明建设中的重要制度之一。

中国古代的政治、法律、选官制度,经过长期的历史积淀,形成了有特色的内容,反映了它们在历史演变中能够修复完善并自我发展,这个问题值得进一步研究。

四、文化自信不能离开国家统一和民族融合这两个支柱

中国历史上尽管有过战乱和分裂,但统一始终是主流。在国家统一的大背景下,中华文明才能生生不息。

中国自古以来是一个多民族的国家。中华各民族日益密切的交往、团聚和统一的过程,也是民族大融合的过程。各民族经过迁徙、杂居、通婚和各种形式的交流,在文化上互相学习,在血统上互相融合,逐渐产生了共同的文化心理特征。特别是近代,中华各民族共同反对外国侵略者,为实现民族伟大复兴而奋斗,这个共同的政治信念极大地加强了民族间

的团结。

从历史看,中国的主体民族——汉族的形成,就是各民族大融合的结果。早在先秦时期,我国有华夏、东夷、北狄、西戎和百越五大民族集团。华夏族是在夷夏融合过程中发展起来的。

汉族能够在历史上起主导作用,不仅因为它人口众多,更重要的是因为它有比较先进的生产方式、比较发达的经济和文化。在中国历史上,有过少数民族入主中原进行统治的时刻,比如有鲜卑(北魏)、契丹(辽)、女真(金)、蒙古(元)和满(清)。他们在进入中原以前,都处于比中原的汉族低的发展阶段,因此当他们进入中原以后,不仅未能改变汉族原有的生产方式和文化积淀,反而逐渐接受了汉族文化,由此进一步推动了汉族文化与少数民族文化的交融和发展。

中华文明有什么特点?中华文明是人文文明与政治文明的结合。这一点,英国史学家汤因比和日本学者池田大作的对话录《展望21世纪》一书中有这样的评论:"(中国人)比世界任何民族都成功地把几亿民众,从政治文化上团结起来。他们显示出这种在政治、文化上统一的本领,具有无与伦比的成功经验。"①

战国时代,在中国,不同地域的文化存在着差异。秦始皇统一六国后,有汇合地域文化的理想,没有成功。汉并天下以后,到汉武帝执政时期,经过数十年的多次战争,地方分裂势力基本肃清,而地域文化大体上完成了汇合的历史过程。与这个总的形势相适应,汉武帝实行"罢黜百家,独尊儒术"的国策,以汉族为主体的多民族国家文化共同体才真正形成。这个文化共同体以儒学为主导,并没有阻碍其他学派思想文化的传承发展,于是提出了思想文化融合会通的问题。在唐、宋时期,儒、道、释的融合会通,将中华文化推进到一个新的阶段,于是产生了宋代理学。

中国古代思想文化如泉之水,显示出强劲的生命力,因为它形成了一条独特的自我创新之路。它始终以一种开放的姿态,吸取域内和域外的文化,能够在会通的基础上,消化

---

① [日]池田大作、[英]阿·汤因比:《展望21世纪——汤因比与池田大作对话录》,荀春生、朱继征、陈国梁译,国际文化出版公司,1997年,第283—284页。

吸收各家的理论成果。这正如庄子在《天下》篇中所说,诸子百家的观点,都是宇宙真理的某些方面的表现。虽然各家各派立论的侧重不同、表述的方式有别,但都是对于世界的探索,有助于人们对自然和社会的认识。这也正是儒家"和而不同"文化观的体现。

五、中华文明的传承发展与文字

中华文明的形成、传播、发展与文字有密切的关系。中国文字源远流长,起源于模仿自然、图画记事、表情达意的需要,并诞生了别具特色的符号系统。以汉字为例,经过长期的演变与实践,逐渐形成象形、指事、会意、形声、转注与假借六种造字法与用字法,反映了中华文化的博大精深和独特的人文情怀。汉字,最初有甲骨文、金文等。秦始皇统一中国后,为统一汉字书写,采用小篆。各地乡音不同,但书写的文字相同,中华文明的传承与发展才有了保证。

秦朝"书同文"的文字统一政策影响深远,虽然后代又有隶书、楷书、行书、草书等文字书写的变化,但秦统一文字则是一个历史性的转折点。文字的统一，有效地促进了不同地域思想文化交流和国家政令的畅通，对实现国家的统一和多民族的融合发挥了重要作用。文字的统一，与各地方言乡音并存，在同中保留有特色的差别，体现了文化统一性与多样性的有机结合。

文字的相对稳定，对中华文明的传承和创新做出了独特贡献。因为文字（特别是汉字）具有象形与表意的特点，在表达人文精神以及人与万物关系方面简明扼要、形象生动，即使时过境迁，后来者在阅读古籍时也同样可以由文辞而把握其道理与智慧，将世代积累的优秀文明成果一代一代地传承下来。孔子对文字很重视，强调"言之无文，行而不远"（《左传·襄公二十五年》），思想要传播久远，需要有文采的语言文字记载。古人所强调的"三不朽"（《左传·襄公二十四年》），其中之一就是"立言"，足见文字在文明传承中的重要意义。古代，有"文以载道""文以化人"的传统，显示了文化典籍和语言文字在传承思想、培育人才与改善社会风气中的积极作用。

丰富的语言文字，需要有相关的工具书帮助人们掌握。

东汉许慎撰写的字书《说文解字》，通过剖析文字构件（文）来解说字义，对规范字形、字音与字义做出了贡献。清代研究《说文解字》甚至成为显学，代表性著作有段玉裁的《说文解字注》等。形成于秦汉之际的词书《尔雅》，保留了大量多学科（特别是博物学）知识，为丰富汉语词汇的语言形式、融会沟通词语的意义建立了基础，经过魏晋学者的努力，成为阅读"五经"的重要准备，后被列入儒家"十三经"中。

独特的语言文字，风格多样的书写形式，形成了符合人们审美需要和表达人们审美感受的书法艺术。它与单纯的具有社会实用功能的交际工具不同，是以艺术形式表达艺术家的思想、修养、爱好与情感，"笼天地于形内，挫万物于笔端"（陆机《文赋》）。因此，不同时期的书法本身反映了特定的文化观、历史观与人生观，它既受到历代思想文化的深刻影响，又间接地体现了传统哲学的丰富内涵，如易学的阴阳相推思想、儒家的中庸学说、道家的相反相成观念、禅宗的顿悟静修主张等。书画同源，中国书法的基本观念和表现方式，对独特的中国国画（水墨画）的形成影响很大，它们共同成为中华文化殿堂中的璀璨珍宝。

在某种意义上，独特的汉字文化系统，促进了中华文化的古今传承，也促进了中华文化的对外传播和文化交流。

中华文化对域外文化的研究，不仅重视语言文字的翻译，而且侧重思想内容的介绍与阐释，注意从整体性上加以理解，使其成为中华思想文化的有机构成部分。比如，从两汉之际传入中国的印度佛教文化，在中国是从整体上加以研究的，在唐代完成了佛教中国化的历程。公元13世纪初，印度佛教式微以后，其中许多教派和经典仍然可以在中国找到其源头。这是中国佛教学者全面整理印度佛教文化的结果，对东方文明和世界文明做出了贡献。

六、中华典籍的重大文化意义

中国封建社会，一般说来，政教分离，没有形成像西欧那样的宗教黑暗时期。当时占主导地位（即主流意识形态）的是儒家的经学。它为不平等社会里的"各色人等"找到了一些平衡点。我们可以看到，皇权统治以经学为武器，而民间亦以经学作为维系社会关系（含宗法关系、人际关系等）

的价值准则。历代的官方版刻经籍、社会启蒙读本、民间乡约村规,在思想观念上都同经学有关。西汉时有《诗》《书》《礼》《易》《春秋》"五经",东汉时"五经"加《孝经》《论语》成"七经"。唐时《礼》分为《周礼》《仪礼》《礼记》,《春秋》分为《左传》《公羊传》《榖梁传》,加上《周易》《尚书》《诗经》,成为"九经";后又加《论语》《孝经》《尔雅》,成为"十二经"。宋代,"十二经"加《孟子》,形成"十三经"。

儒家的经书从"五经"到"十三经",是因为社会演进的需要,社会的各个阶层都可以从其中找到自己所需要的思想文化血脉,而不致发生敌对的冲突。儒家经书既维护社会尊卑贵贱的分野,又调节个人的喜怒哀乐。儒家经典所体现的包容性、伦理性,使它成为中国封建社会适用的教科书。这些教科书的普及本,如《三字经》《弟子规》等,其中的价值观进入当时青少年的头脑,使他们在立德立业上有所遵循。应当指出,这些观念符合中国古代的社会需要,今天不能简单照搬。

除去儒家经书,中国还有史书,各个思想文化学派的代表作，以及个人的文集等。经史子集，汗牛充栋，丰富多彩。

对文献的整理，中国有悠久的历史。清代产生了"专门汉学"，许多学者再次精心研究整理中国古代的文献，纠正了许多错误。学者们在研究中探索和掌握了一系列严密的搜集、排比、分类以及识别文献资料的方法，为保护和传播中华优秀传统文化贡献了智慧和心血。

习近平总书记在哲学社会科学工作座谈会上对中华文献做了这样的评价："中国古代大量鸿篇巨制中包含着丰富的哲学社会科学内容、治国理政智慧，为古人认识世界、改造世界提供了重要依据，也为中华文明提供了重要内容，为人类文明作出了重大贡献。"

七、结语

中华优秀传统文化与现实社会主义先进文化相结合而形成的"文化自信"，之所以是"更基本、更深沉、更持久的力量"，除上面论述外，还由于它渗透于我国社会主义核心价值观之中，既有理念方面的指导，又有实际行动的要求。

习近平总书记在2014年召开的纪念孔子诞辰2565周年国际学术研讨会暨国际儒学联合会第五届会员大会上的讲话中这样说:"中国人民的理想和奋斗,中国人民的价值观和精神世界,是始终深深植根于中国优秀传统文化沃土之中的,同时又是随着历史和时代前进而不断与日俱新、与时俱进的。"这就是历史与现实的统一,我们应当深入加以理解,在文化自信的坚实基础上,传承发展优秀传统文化。

大学素质教育与中华传统美德

一、大学素质教育与文化素质教育的回顾

我国大学素质教育是从文化素质教育开始的。23年前的1995年,在武汉华中理工大学召开高校文化素质教育试点工作研讨会。当时,周远清同志代表教育部做了《加强文化素质教育,提高高等教育质量》的报告。

"素质教育"一词,在我国出现于20世纪80年代,是教育工作者针对基础教育中的"应试教育"而提出来的,到90年代中期,有论述素质教育适用且必须引入到高等教育中。

1999年6月召开全国教育工作会议,发布《中共中央、国务院关于深化教育改革全面推进素质教育的决定》,提出文化素质教育和道德教育、思想政治教育、科学素质教育等,应

互相渗透、促进，培养有理想、有道德、有文化、有纪律的社会主义公民和建设者。《国家中长期教育改革和发展规划纲要（2010—2020年）》指出："坚持以人为本、全面实施素质教育是教育改革发展的战略主题"。2018年还在这个时段内。

2018年3月召开大学素质教育研究会年会暨第七届大学素质教育高层论坛，十分必要，一面回顾过去，总结经验，一面展望未来，为把我国建设成为教育强国而努力奋斗。习近平总书记在十九大报告中说："建设教育强国是中华民族伟大复兴的基础工程，必须把教育事业放在优先位置，加快教育现代化，办好人民满意的教育。要全面贯彻党的教育方针，落实立德树人根本任务，发展素质教育，推进教育公平，培养德智体美全面发展的社会主义建设者和接班人。"我们应当认真落实。

二、2018年大学素质教育研究分会召开的重要性

过去，每年都召开大学素质教育会议，成果丰厚，2018年在成都电子科技大学召开的"大学素质教育研究分会2018年年会暨第七届大学素质教育高层论坛"，是十九大以后召开的

第一次大学素质教育高层论坛。

唐朝大诗人李白在《蜀道难》中咏叹:"蜀道之难,难于上青天。""西当太白有鸟道,可以横绝峨眉巅。"秦惠王时开辟了惊险小道,从秦国才能到达蜀地。今天呢?在西安上了高铁,一眨眼就会到达美丽的蓉城。"蜀道之难,难于上青天"已经成为历史的回忆。

这次会议在成都电子科技大学召开,肯定会有同学来听讲,所以我选择这个讲题:《大学素质教育与中华传统美德》。

三、中华传统美德的三大理论

中华传统美德的三大理论是:"文野之分"理论、文质统一思想,以及爱国的优良传统。

我先讲"文野之分"理论。在中华优秀传统文化中,很早就有这方面的内容,《尚书·舜典》[①]认为文明是美德。孔颖

---

① 《尚书》:儒家经典,中国上古历史文件和部分著作的汇编,有《今文尚书》《古文尚书》之分。《今文尚书》有28篇,用通行的文字抄写而成。《古文尚书》亦称《逸书》,用秦以前的"古文"写成,故名。

达《疏》解释说:"经纬天地曰文,照临四方曰明。"后来在《易传》中,以龙比君子,说有文明美德的君子能够与时俱进,其事业伟大而美好,天下文绣而光明。与此相对的则是粗野,而君子是反对粗野而耻于浅薄的。

在中国古代有"人禽之辨"的理论。《礼记·曲礼上》①认为:鹦鹉和猩猩虽能发声,但它们不知道什么是礼仪规则,毕竟是飞禽走兽,不能和人相比。人如果不遵守道德规范和礼仪规则,岂不是和鹦鹉、猩猩一样吗?结论是:"圣人作,为礼以教人,使人以有礼,知自别于禽兽。"

我国古代还有文质统一的思想。春秋末期,儒家开创者孔子说:"质胜文则野,文胜质则史。文质彬彬,然后君子。"(《论语·雍也》)"质"即人的本心、本质,"文"即人的文采、外在表现;"彬彬"指君子把本心与文采结合在一起。儒家讲"礼",指君子的外在表现,"乐"则指其内心的道德修养,二者密不可分,这样才能成为真正的君子。

---

① 《礼记》:儒家经典,战国末年或秦汉之际的著作。《礼经》的传授,西汉讲《仪礼》,东汉讲《周礼》,三国后才讲《礼记》。《礼记》虽为后起之书,但它论述了儒家关于"礼"的理想与学说,对后代影响很大。

上面介绍了中华传统美德中的两大理论，即文野之分与文质统一的理论，还有一个就是爱国的优良传统。中学语文课本中有不少这方面的教材，我在这里只谈下面一点。

中国古代有爱国主义的优良传统，南北朝时期，中国处于暂时分裂的状态。在这种情况下，有人尊本地政权为正宗，但当时的大科学家郦道元（约470—527年）不是这样，他虽然在北魏做官，但没有把眼光局限于此。在他的心目中，祖国是包括南北朝的完整中国。他的《水经注》①不以北魏统治区为限，所涉及的范围是全中国，完成了我国古代水文地理学上的大综合。

我国古代的爱国主义往往和"忠君"联系在一起，这需要进行具体的分析，不可一概否定。南宋时期抗元英雄文天祥（1236—1283年）坚持抗元，他的名句是"人生自古谁无死，留取丹心照汗青"，体现了一位爱国者的高尚情怀。还有，南宋时期抗金名将岳飞（1103—1142年），他的《满江红·写怀》：

---

① 《水经注》：《水经》是我国记述河道水系的最早专著，成书于东汉至魏晋时期，作者说法不一。北魏时期地理学家郦道元对《水经》进行了注解和增补，写成《水经注》一书，除《水经》记载的干流137条外，又涉及支流1252条，详细记载了河流所经地区的地理情况和历史文化。是6世纪前我国最全面而系统的综合性地理名著。

"怒发冲冠,凭栏处,潇潇雨歇。抬望眼,仰天长啸,壮怀激烈。三十功名尘与土,八千里路云和月。莫等闲,白了少年头,空悲切。……待从头,收拾旧山河,朝天阙。"抗日战争时期,我在中学读书,当时我和同学们喜欢唱《满江红》,以此表达我们反对日本侵略者的爱国情怀。

四、中国古代的智慧:"大同"理想

春秋战国(前770—前221年)这500多年,是中国古代社会发生重大变化的时期,是从血缘宗法社会向统一的封建社会发展的时期,也是文化学术思想极其活跃的时期。此时产生了"诸子之学",有儒家、道家、阴阳家、法家、名家(逻辑学家)、墨家、纵横家(外交家)、杂家、农家、小说家,由此形成了"百家争鸣"的学术思想繁荣的局面。

在我国古代,孔子创立的儒家学派影响最大。孔子提出一个总的道德规范,称之为"仁"。

什么是"仁"?孔子回答说:"爱人。"(《论语·颜渊》)其内涵是:"己所不欲,勿施于人。"自己不想要的,不要去给别人。又说："己欲立而立人，己欲达而达人。"（《论语·雍也》）自己要站住脚，必须使别人站住脚；自己要做成事情，也要让别人把事情做通。在孔子看来，这种"爱心"不只是爱自己的亲属，而是以此作为出发点，"泛爱众而亲仁"（《论语·学而》）。怎样才算是博爱大众呢？孔子回答说："老者安之，朋友信之，少者怀之。"（《论语·公冶长》）这是高尚的理想，对老者关怀尊敬，对朋友讲诚信，对少年注重教育。

在中华优秀传统文化中，"大同"体现了中华民族的智慧。

在《礼记·礼运》中，论述了从"小康"进到"大同"之世，认为"大同"社会以"天下为公"为最高标准，不同于"天下为家"的社会。

在"大同"社会中，社会财富不是私人所有的，而是为大家所共同享有的。

在"大同"社会中，人人都要为了全体的利益而进行工作。

在"大同"社会中，育幼、养老都有妥善安排，能劳动的人从事劳动，而失去劳动能力的人由社会供养。

在"大同"社会中，大家相爱相助，没有权谋欺诈和盗贼掠夺，和平地生活，没有战争。

在"大同"社会中，公共事务大家办理，在分工上可以选出人们信赖的人担任必要的工作。

像这样的"大同"理想，明显是继承了儒家的思想，而且继承了墨家学说，例如"选贤举能"就和墨家的"尚贤"原则相似，"老有所终"一段又相似于《墨子·兼爱》中的一节，甚至"大同"这一名称也可能从墨家所说的"尚同"沿袭而来。同时，《礼运》篇有些地方也受了道家老子的影响，如称"大同"社会为"大道之行"，而"大道"则是道家的术语。总之，"大同"理想主要源于儒家，同时也吸取了墨家和道家的某些思想，非一家之专利，是中华优秀传统文化的精神结晶。

五、中华优秀传统文化的历史渊源

中华文明源远流长，博大精深，其渊源来自中华各个民族的创造和发明。例如：汉族发明了造纸术、印刷术、指南针和火药；维吾尔族和黎族最先学会了棉花种植和纺织；回族建筑师亦黑迭儿丁规划并主持修建了元大都（今北京）；藏族保存的两大古代佛学著作《甘珠尔》和《丹珠尔》（即藏文大藏经），至今是中华文化中的两件瑰宝。汉语普通话的发音特点,受蒙古语的影响而形成。

"中国自古就是一个多民族国家,中国现在的五十几个民族及其祖先,几千年来一直共同生活在中国这片土地上。"[①]中华各民族密切交往、团聚和统一的过程,也是各民族大融合的过程。各民族经过不断迁徙、杂居、通婚和各种形式的交流,在文化上互相学习,在血统上互相融合,你中有我,我中有你,各民族地域间的界限日渐淡漠,而中华民族共同文化和心理特征逐渐产生。

习近平总书记2017年在十九大报告中说:"中华民族有五千多年的文明历史,创造了灿烂的中华文明,为人类作出了卓越贡献,成为世界上伟大的民族。"陕西省的黄帝陵是中华5000多年文明的精神标识。每年清明,海内外中华儿女到这里来祭奠人文初祖黄帝。时至今日,"我们比历史上任何时期都更接近、更有信心和能力实现中华民族伟大复兴的目标"。

[①] 张岂之主编:《中国历史十五讲》,北京大学出版社,2003年,第88页。

六、努力学习中华优秀传统文化

在大学学习,特别是学习科学技术的大学生,同时应当学习中华优秀传统文化。2017年1月25日,中共中央办公厅、国务院办公厅印发《关于实施中华优秀传统文化传承发展工程的意见》,其中提出中华优秀传统文化的主要内容是:"核心思想理念""中华传统美德"与"中华人文精神"。此文件提出"推动高校开设中华优秀传统文化必修课,在哲学社会科学及相关学科专业和课程中增加中华优秀传统文化的内容"等。此文件已下发一年多,应认真落实。

我还想送给朋友们两句话。一句是"精诚所至,金石为开"(语出东汉思想家王充《论衡·感虚》篇)。故事出自《史记·李将军列传》,西汉时李广将军在傍晚时打猎,见有一只老虎,他拉弓射箭,以为老虎已被射杀。第二天去看,并非老虎,箭已射进大石之中。李广再射一次,徒劳无功。这个故事说明:人立志做大事,矢志不渝,付出艰苦劳动,是可以成功的。同学们学习新科技,学习中国特色社会主义新理论,只要努力,就会学好。

还有一句话:"桃李不言,下自成蹊。"桃李芬芳,它们虽然不能讲话，但吸引许多人到树下赏花尝果，以致走出一条小路来。这说明：人有优秀品质，有美好理想，再伴之以扎扎实实的行动，理想可以成功实现，而且会有很好的感召力。我希望成都电子科技大学的同学们记住上面的两句话："精诚所至，金石为开"；"桃李不言，下自成蹊"。

七、结束语

各位老师、同学们：我国的高等教育需要有先进的科学技术与深厚的中华优秀传统文化相结合，缺一不可。中华民族有5000多年的文明史，光辉灿烂，也经历过深重的苦难。中国共产党担负起实现中华民族伟大复兴的历史使命。我们应当牢记习近平总书记在十九大报告中所说："深入挖掘中华优秀传统文化蕴含的思想观念、人文精神、道德规范，结合时代要求继承创新，让中华文化展现出永久魅力和时代风采。"

（本文是作者在"中国高等教育学会大学素质教育研究分会2018年年会暨第七届大学素质教育高层论坛"上的主题发言）

中华优秀传统文化的生命力

我国有悠久的连绵不断的开创性的优秀传统文化。新中国建立以后,有一段时间人们对它的认识不足,在评价方面带有片面性。特别是在20世纪60和70年代,有人对传统文化采取了不慎重的否定态度,由此带来消极影响。70年代末,我国进入改革开放的新的历史时期以来,越来越多的人认识到优秀传统文化和传统美德在全民的思想道德教育中,应当占有重要的地位。这方面的思想资料需加选择和整理,使之成为社会主义精神文明建设的主要教材。

应当承认,每个中华儿女都自觉不自觉地受到自己国家和民族的传统(含民情风俗)的影响,其中有积极因素,也有消极因素。通过对传统文化的研究和宣传,使人们感到亲切而易理解的传统文化在他们的精神生活领域里发挥应有的作用,成为重要的精神养料，而其消极因素同时得到抑制和克服，这样，全民的文化思想道德素质才能提高。这一点是一切工作的基础，因为任何事都是有意识、有思想的人去做的，人的思想道德素质提高了，相应地，由他们所创造的成果也会具有较高的水平。总之，优秀传统文化在提高人民整体素质方面的作用是不可低估的。

进行优秀传统文化的教育，前提是承认它历经了时间的沧桑变化，但是，它仍然有着旺盛的生命力。如果不承认这一点，其他问题就不好讨论，而文化遗产的继承也就成了一句空话。我们需要全面地理解一定社会的经济基础与上层建筑之间相互矛盾运动的原理。一定的经济基础不存在了，并不能引起与之相应的全部上层建筑的消失，也就是说，上层建筑的某些部分具有相对的稳定性，它可以适应任何社会的经济基础，这在思想文化方面表现得尤其明显。比如，2500多年前儒学的创始者孔子提出了一个社会道德原理，他是这样表述的："见义不为，无勇也。"（《论语·为政》）其正面意思是一个社会要有好的风气，必须遵循见义勇为的道德伦理原则。这个原则今天仍然有效，并没有失去它的生命力，将来也是青春常驻。又例如战国中期儒家的另一位代表孟子所说："富贵不能淫，贫贱不能移，威武不能屈"(《孟子·滕文公下》)，意思是"大丈夫"面对富贵温柔之乡，面对穷困潦倒之境，面对粗暴强力威胁，都不能放弃自己的宏大志愿。这句名言体现了中华民族性格的特征，其基本原则是永恒的，其具体内容则随着历史的发展而丰富充实，不能说这样的民族性格只适用于古代而不适用于今天和未来。

说优秀传统文化中含有一些永恒性的东西，也就是说其中含有一些绝对真理的粒子。在马克思主义看来，无数相对真理构成绝对真理，任何真理都是相对和绝对的统一。这是对于"真理"这一概念的科学表述。但是在很长一段时间里，人们只谈相对性、变异性，回避绝对性、稳定性。这样就易于导向相对主义，和马克思主义真理观并不相符。只有承认相对与绝对的统一，绝对寓于相对之中，才是对于"真理"的科学认识。

举例来说，孔子伦理学说中含有一些绝对真理的粒子，它们并不因为时间的流逝而消失，"文质彬彬"理论就是其中之一。孔子说："质胜文则野，文胜质则史。文质彬彬，然后君子。"(《论语·雍也》)认为对于人来说,内心和行为、内容和形式应当完美地结合起来。如果朴质多于文采,难免粗野;文采多于朴质,可能会有虚浮。这是孔子在思想道德方面的一大贡献。这一理论,我们今天仍然要讲。又如孔子提出道德的最高标准,主张道德与行事相结合,这就是中庸之道。人们思考问题和办事,既不过头,也不误时,恰到好处,这就是中庸。这是一种反对片面性,主张全面认识事物的方法,在今天和未来都不会过时。又如孔子认为,有学问、有道德的君子应当胸怀宽阔,容纳百物,善于听取不同意见,博采众家之长,不局限于一隅。他说:"君子和而不同,小人同而不和。"(《论语·子路》)这对任何时代都是适用的。

以上所举孔子的一些言论,反映了历史的同一性,适用于古代,也适用于当代以及未来的岁月。当然,它们的具体内容不是一成不变,而是随着历史的演进不断充实丰富。可见孔子关于伦理道德的学说中确有绝对真理的粒子,也就是说具有生命力的因素。对于这些,后来者的责任是加以保护、继承和发展,而"保护"是继承和发展的前提。

儒学是中国优秀传统文化中一个重要的组成部分,除此,道家思想的影响也很大,不能忽略。春秋时期的《老子》一书发现了自然和人生"物极必反"的规则。这是一件了不起的大事。这个规则影响了中国传统文化的各个方面,说明传统文化含有丰富的辩证思维,它贯穿于政治、军事、管理等方面,成为富有魅力和智慧的一页。道家的另一位代表庄周,在他的著作《庄子》中论述一切都是相对的,因而人们的视野必须突破自己的一隅,看到世界的整体。《庄子·秋水》有一则寓言故事说,连绵的秋雨,引起河水上涨,百川皆汇聚于黄河,黄河之水浩浩荡荡。河神很得意,自以为集天下之美于一身。当他来到北海,看到一片汪洋,浩瀚无边,这个时候他才醒悟,他原来只是坐井观天,不知天地之大,自己过去的一孔之见只能贻笑于大方之家。诸如此类的寓言故事在《庄子》一书中并不少见,这些给人们以智慧,促人思考。

值得一提的是,庄子力求回答什么是自然。在他看来,自然可名曰"浑沌",人们应当爱护自然,不要凭着人的好恶去伤害它。《庄子·应帝王》讲的关于"浑沌"的故事,发人深省:

> 南海之帝为儵，北海之帝为忽，中央之帝为浑沌。儵与忽时相与遇于浑沌之地，浑沌待之甚善。儵与忽谋报浑沌之德，曰："人皆有七窍以视听食息，此独无有，尝试凿之。"日凿一窍，七日而浑沌死。

令人感兴趣的是，据有些学者的研究（如董光璧《当代新道家》），提出这样的资料：日本科学家汤川秀树在对三十多种基本粒子背后的基本物质是什么进行探索时，居然从上述寓言故事中受到启迪，认为这些基本粒子可能类似于"浑沌"。他在感动之余写下这样的话："中国人是这些人（另有印度人、犹太人、希腊人——作者注）中最早进入精神成年时期的人。……而老子似乎用惊人的洞察力看透个体的人和整个人类的最终命运。"[①]

西方有一门新学科，名"环境伦理学"，认为人和自然的关系不是简单的人与物的关系，也不能归结为征服者、改造者与被征服者、被改造者的关系，而是存在着相互依存的伦理关系。人们首先应当爱护自然，保护自然，维护自然的

---

① 转引自董光璧：《当代新道家》，华夏出版社，1991年，第56页。

生态平衡，然后才谈得上合理地从自然界取得人类赖以生存的物质资料。在中国道家的典籍里已有这种思想的萌芽，虽然这些还没有依赖实验科学成为系统的理论。最近二三十年来，西方科学家重视对中国传统文化中道家思想的研究，不是没有道理的。

中国历代的政治家在治国平天下的事业中，大都是儒、道、法并用。秦汉以后，在中国学术文化论坛上，并没有纯粹的儒家和道家，而是相互吸收，相互融合。道家思想并不是不讲治国平天下，而是提出了和儒家不完全相同的政治理论和政治策略。不论是儒家还是道家，以及法家，他们都认为，国家的管理，政治和经济的管理，不能简单地归结为人和物的关系，其中占有很大比重的是人和人的关系。在他们看来，解决好人与人的关系，特别是如何把人们的思想引导到一个目标上，这才是最主要的。

还要提到的是，战国至秦汉之际形成的一部名叫《易传》的书，它是中国传统文化中关于社会丰富经验的哲学总结。在政事方面它明确提出了忧患意识论，提醒每一个当政者应保持头脑的清醒，认识到天道、人道都在变化中，"安而不忘危，存而不忘亡,治而不忘乱"(《系辞下传》),力求防止事物向坏的方面转化,防微杜渐。这些都可称为中国古老的智者之书,亦称为忧患意识。

"传统文化"是一个外延很大的概念,以上所说只是限于观念文化的一部分,其他关于制度文化,关于文物,关于其他文化类别,如民俗文化、服饰文化、建筑文化、饮食文化等,本文都没有说到。可以肯定的是,这些传统文化构成中也有许多珍品,它们在今天和未来仍然有着旺盛的生命力。

以上只是从正面说明优秀传统文化的积极意义,这样说并不是否认传统文化中还有与现代文明不合的若干劣质内容。但是,我的浅见是,在今天我们应当多多介绍传统文化中的优质内容,使人们从中受到教益,至于淘汰劣质内容则需要在正面肯定优质内容的前提下来进行,这样就会更加客观,更加有说服力。

中华优秀传统文化对人们的教育,以及在社会移风易俗的精神文明建设中,不会收到立竿见影的效果,它仿佛春天的喜雨一样,"润物细无声",在潜移默化中发挥其良好的功能和作用。如果用"急功近利"的观点来看优秀传统文化的作用,那很可能使人们感到失望。"任重而道远"(《论语·泰伯》),曾子说的这句名言,对于开展优秀传统文化的教育和宣传工作,是完全适用的。

(原载《华夏文化》1995年第4期)

读书心得

怎样读《孟子》?

《孟子》一书约有35000字,主要是两方面内容:一方面是政治观,另一方面是道德观。《孟子》将这两方面结合起来,形成了中国古代最有影响的一种政治观——儒家的伦理政治观,也叫作道德政治观。

孟子(约前372—前289年)是战国中期人,自小受到很好的家庭教育,成年以后曾在中原各诸侯国游说,先后到过齐、宋、滕、梁(即魏)等国,宣传自己的政治和思想主张。他在齐国住的时间比较长,受到齐宣王的热情接待,但齐宣王对他的主张并不想付诸实践,于是孟子离开了齐国。

孟子是邹人,邹即今天山东的邹城,那里距曲阜——孔子的故乡很近。孟子晚年在家中整理一生讲学的经验,著成《孟子》一书,全书共有7篇。后来,东汉学者赵岐将此书加以整理,将原有的7篇各分上下两卷，我们今天看到的《孟子》就是14卷了。赵岐对《孟子》一书整理以后，给《孟子》作注的越来越多，其中最有名的就是南宋朱熹的《四书章句集注·孟子集注》。

孟子有强烈的历史责任感，他说过"如欲平治天下，当今之世，舍我其谁也！"（《孟子·公孙丑下》）意思是说，要想把国家治理好，在当时除他之外，就没有别的人了。孟子说他最仰慕的有三人：大禹、周公、孔子。他这样称道三人的功绩："昔者禹抑洪水而天下平，周公兼夷狄、驱猛兽而百姓宁，孔子成《春秋》而乱臣贼子惧"（《孟子·滕文公下》）。接着他讲"我亦欲正人心，息邪说"（《孟子·滕文公下》），是说他也要像他们三人一样把社会治理好。孟子很直率地表达了自己的主张。从这些材料看来，孟子确实是一位很有抱负的学问家、思想家。

"仁政"是《孟子》一书的主线。什么是"仁政"？我想借孟子与梁惠王的一段对话做一点介绍。《孟子》第一篇就是《梁惠王章句》。梁惠王即魏惠王，魏国国都在大梁（今河南开封），所以又称梁惠王。孟子见到梁惠王，惠王就问："先生啊，欢迎您到我们魏国来。先生想用什么道理来教育我们呢？"孟子说道:"王想统一天下,这个志愿很好,我想提个建议,王只有用道德来统一天下才是最稳妥、最有力量的。"梁惠王听了以后并不明白,于是孟子接着讲:"我听王的臣民说,王具有不忍人之心。据说有一次王坐在大殿之上,有人牵着牛从殿下走过。王看到这一情况便问:'牵着牛往哪儿走?'那人答道:'祭祀要用。'王便说:'放了它吧。'我不晓得是否真有此事。"王说:"有的。"孟子说:"从这件事可见您的心是仁慈的,看到牛那种恐惧死亡的悲伤神情都不忍于心。但是也有老百姓讲,王很吝啬,不用牛了,用小羊来代替。"王说:"不是这样,我并非因爱财才以羊代牛的。"孟子又说:"(百姓的误解)没有什么关系。因为王只见到牛而没有见到羊。如果王看到羊痛苦的样子,也会把羊放了的。"听了这话,梁惠王自然很高兴。又问:"请教夫子,您所讲的这些与我治理天下有何联系呢?"孟子引申开来说:"有复于王者曰:'吾力足以举百钧,而不足以举一羽;明足以察秋毫之末,而不见舆薪。'则王许之乎?"(《孟子·梁惠王上》)意思是"假定有个人向王讲:'我的力气能举三千斤重的东西,却拿不起一根羽毛;我的视力能把秋天鸟的细毛看分明,而一车柴火摆在眼前却看不见。'

您肯信这话吗?"孟子举这两个例子,意思是说,王实行"仁政"不是不能,而是没有决心去做。

那么,"仁政"应当怎样去实行呢?一句名言由此产生了:"老吾老以及人之老,幼吾幼以及人之幼"(《孟子·梁惠王上》)。这句话的第一个"老"与第一个"幼"都是动词,意思是尊敬自己家的长辈,从而推广到尊敬别人家的长辈,爱护自己家的儿女,从而推广到爱护别人家的儿女,如果有谁能做到这一点,即可运天下于掌上。孟子认为有这一点还不够,治天下还需要物质基础,孟子讲了一句很重要的话:"无恒产而有恒心者,惟士为能"(《孟子·梁惠王上》)。意思是说,没有固定的产业但是有恒心搞自己的业务,把事业放在第一位的只有知识分子。但对老百姓而言,若无恒产,则亦无恒心。没有一定的物质基础,是不行的。于是孟子提出一个计划:让百姓有自己的田地耕种,收获以后粮食问题就解决了;另外,还可以从田中分出若干亩去饲养家畜,这样70岁以上的人就可以吃到肉了,冬天身体即可保暖;还要开办启蒙学校,让少年学文化。如果能做到这些,统一天下不是不可能的事。

"仁政"就是上面讲的这些内容,就是以黎民百姓为本的一种政治。这和孟子"民为贵,社稷次之,君为轻"(《孟子·尽心下》)的信念是相符的,这种信念在封建社会叫作民本主义。另外,"仁政"这种以民为本的政治,要求首先使百姓得到温饱,称为"小康"。再有,这种以民为本的政治依赖于人治,即依赖于统治者的觉悟和实际措施,这和近代社会的法治不同。还有,"仁政"主张以道德服人,这也正是儒家所坚持的王道政治,也叫作道德教化的政治。

"仁政"的理论基础就是孔子所讲的"仁",什么叫作"仁"?孔子明确地解释:"仁者爱人。"他强调人的心里要有别人,自己不想要的,不要强加在别人身上,即所谓"己所不欲,勿施于人"。这还不够,进一步"己欲立而立人,己欲达而达人",你自己想要站得住就先要使别人站得住,你自己要发达就先让别人发达。将上述这些综合起来,孔子称之为"仁"。能做到这点的人,才是有道德、有理想的人,是一个真正的人,孟子将它和政治联系起来叫作"仁政"。

"仁政"思想渗透于中华文化的各个方面,是中华文化的一个重要特征。不了解"仁政"思想,要想了解中华文化是不大可能的。今天流传下来的不论是哪一派的古典诗词,其间都渗透着爱人之心。大家都读过杜甫的《茅屋为秋风所破歌》,诗的结尾是这样的:"安得广厦千万间,大庇天下寒士俱欢颜。"意思是说,千百万穷困的知识分子都有房住,才是令人高兴的事。这就是一种仁爱的感情,普爱天下人的感情。仅仅是爱人、爱社会还不够,还要爱自然。孟浩然有一首五言绝句:"春眠不觉晓,处处闻啼鸟。夜来风雨声,花落知多少。"这第四句,诗人的本心就流露出来了。诗人为那些春夜里被风雨吹打的花朵而痛惜,这体现出诗人对自然的爱。上面讲到的这种热爱世界的感情,用孟子的话讲就是"仁民爱物"(《孟子·尽心上》)。孟子讲的爱,不是无差别地去爱世界上所有的人与物。对个人而言,亲情之爱是最重要的,对他人的爱是其次,爱惜事物之情又是次一等了。

有人问孟子:"人为什么能实现仁政?"孟子提出了他的道德观念、伦理思想。他在伦理学上的一个基本命题,叫作"人皆有不忍人之心"(《孟子·公孙丑上》),借此来回答为什么人能实现"仁政"这一问题。孟子讲人有四种本心,第一种是恻隐之心,即爱心。他举出一例,人看到小孩走近井边,会产生怜悯之情,而牛羊就没有这种感情。这种天赋的道德因素只有人才有。第二种是羞恶之心，知道羞耻。第三种是辞让之心，人应懂得谦让。第四种是是非之心，懂得区别正确与错误。由此"四心"就派生出仁、义、礼、智四种道德。将恻隐之心这种天赋道德因素加以扩充发挥出来，就形成了"仁"；将羞恶之心发挥出来便是"义"；有辞让之心就应知道人要服从礼仪规则；有是非之心就会将真假是非区分开来，就有了智慧。

人的天赋观念怎样才能扩充为仁、义、礼、智？孟子并没有讲人的天赋因素不加后天努力就可以自发地扩充出来，他强调后天的努力。后天努力可以通过哪几条途径呢？大体有三条。第一条就是人应懂得人生的真理，并根据这一真理去做。这就是孟子所说的"生于忧患，死于安乐"的人生哲学。人应自觉地运用这种哲学来指导自己的行为。他讲了这样一段话："故天将降大任于斯人也，必先苦其心志，劳其筋骨，饿其体肤，空乏其身，行拂乱其所为，所以动心忍性，增益其所不能。……然后知生于忧患，而死于安乐也。"（《孟子·告子下》）指人应当在磨难中积累知识，培养超常的抵抗困难的耐力，只有这样的人才能挑起重担。凡是在磨难面前败下阵来的人，都不能有大作为。这是人生的宝贵经验。第二条是"养气"。气即精神品质及内心世界。孟子告诉人们,一个人除了身体以外,还有内在的精神力量,这种精神力量是需要加以培养的。孟子讲:"我善养吾浩然之气。"(《孟子·公孙丑上》)他的弟子公孙丑问什么叫作"浩然之气",孟子答道:"其为气也,至大至刚,以直养而无害,则塞于天地之间。其为气也,配义与道。无是,馁也。"意思是那种气非常伟大、刚强。用正义去培养它,一点不加伤害,就会充满上下四方,无所不在。那种气,必须与道义相结合,否则就没有价值了。这就是"养气"。有了浩然之气,人心中原有的恻隐之心、辞让之心等才能发挥出来。第三条,做人应忠诚老实,不能自欺欺人。孟子举了一个例子。他说,从前齐国有个人早晨出去,晚上回来后总是一副吃得流油的样子,自言有大官请他吃饭。他的妻妾很惊讶,后来他的妻子跟踪他,发现他是到墓地里用祭祀的饭菜填饱肚子的。得知实情后,妻妾二人痛哭流涕。此时那人回来了,一进门就高兴地嚷叫又有大官请他吃饭了。这个例子说明千万不可像那个齐人一样自欺欺人。

人究竟有没有一种天赋的道德因素呢?孟子在当时难以做出科学解答的情况下,便用"天"来回答这一问题,并形成了自己的一套逻辑。他认为人的道德因素是天赋予的，人若了解这一点，不违背天的意愿，再通过几种可行的办法，将内心的道德因素加以扩充，就达到真正遵循天意（实际上是人意）的目的了。

把上面讲的"仁政"、怎样发挥潜在道德因素、怎样进行后天的努力等归纳综合起来，就得出一个结论："万物皆备于我矣，反身而诚，乐莫大焉。"（《孟子·尽心上》）这是说，人们付出辛勤劳动，了解这一真理后，就感到对人生和社会有了更加深刻的认识，进入很高的精神境界，就不是一个普通人，而成为"大丈夫"。孟子说："富贵不能淫，贫贱不能移，威武不能屈，此之谓大丈夫"。一个人身处富贵温柔之乡，不能丧失志向；身处贫贱困苦之地，不能改变人格；身处强暴威胁之时，不能丢掉气节；这才是真正的"大丈夫"（有高尚人格的人）。孟子提出的"大丈夫"概念，可以说就是传统美德的集中体现，也是中华民族性格的形象表述。

《孟子》一书具有完整的道德体系，它把道德和政治结合起来，把人的主观能动性提升到一个新的高度，提出了道德修养的各个方面。正因为这样，后来的许多政治家和思想家，都从这部书里得到启发。

读古人的书,是要从其中得到一种启示,帮助我们对社会、对人自身形成更深刻的认识。孟子辛苦写成的35000字的书,给后人许多启示,固然不可能都是尽善尽美的,但他的书永远是我们中国人宝贵的精神财富之一。

(作者附记:现在不少大学开展文化素质教育,学生们想了解中国文化名著的一些内容,以便于他们去选读。这是我在清华大学中国文化名著讲座上的讲演记录稿。作为一种讲法的试验,发表出来,供参考)

《十三经注疏》的学术价值

儒家的重要经典,例如"十三经",在中国思想文化史上有什么价值?

第一,"十三经"是研究中国古代思想文化的重要典籍。在中国古代,文化的传承采取了"传经"的方式,而关于思想文化的表述往往离不开经学形式。从汉代可以看到,汉初儒者以鲁地及其附近的邹、齐地区为活动中心。此后,他们传习的儒家经典由于文字和研究方法的不同,就有今文经学和古文经学之争。这种不同学术流派的论争不但推进了儒家思想,而且成为汉代学术的特色。因此,我们今天要全面地研究汉代思想学术,是不能不抓住经学的今文与古文之争这个主要环节的。

在宋代,儒学有了新发展,称为"新儒学",即我们所说的"宋代理学"。理学用新观点、新方法去解释儒家经典,将佛、道思想巧妙地吸收融汇进儒学的思想体系，这在中国学术史上称为"理学与经学相融合"。在宋神宗熙宁年间，短短的10年中理学得到广泛传播，与它采取的对儒家经典进行阐释这种方式是分不开的。

当历史演变至清代中叶，其主流学术成果被称为"汉学"，因为这个时期的学术家和思想家们都尊奉汉代的学术（即经学），提倡朴实无华的学风，所以这个时期的学术又称为"朴学"。清代在乾（隆）嘉（庆）时期重视对经书的训诂考证。事实上，当时许多学者已经突破汉代传经的束缚，对古代经典的辨伪、辑佚、校注等工作做得更加完善、细致、准确。而且有些学者在训诂考据上有很大成就，同时在创造性理论思维方面也有杰出贡献，如戴震就是很好的例证。

清代关于汉学的总结，不能不提到阮元（1764—1849年），他在汇刻编纂古代文化经典的工作中有很大贡献：（1）编撰《经籍籑诂》106卷；（2）重刻《十三经注疏》并附校勘记；（3）主编《皇清经解》（又称《学海堂经解》）。这三部大书汇集了乾嘉汉学的许多研究成果，有重要的学术意义。阮元除汇刻编纂文献外，在研究方法上也有新贡献，他主张以训诂求义理；

在训诂中必须"实事求是"。他还研究金石学，撰有《山左金石志》《两浙金石志》。同时又用西周器物佐证经学，成为近人研究古史的先声。总之，北京大学出版社出版的《十三经注疏》标点本以阮氏校刻的《十三经注疏》为底本，是有道理的。

第二，经书从某种意义上说是中国古代文化的百科全书。经书不但谈社会历史和道德伦理等"人道"问题，而且探讨自然问题，即所谓"天道"，以及这二者间的关系。例如《春秋》经，在约18000字的篇幅里，记载了242年间的重要天象和自然地理的变化，如日食、月食、地震、山崩、水灾、旱灾等。战国时期，儒者对《春秋》经的传注，主要有《左传》《公羊传》和《穀梁传》。在此基础上，汉代司马迁的巨著《史记》才形成完整的历史哲学理论，虽然《史记》并不是经书。不过，司马迁所说"究天人之际，通古今之变，成一家之言"的历史哲学理论与孔子《春秋》经的继承和创新关系，是明显的。当然，司马迁不仅吸取了儒家文化，同时也受到道家和其他学派文化的影响。

"十三经"以自己独特的方式记载了中国古代文化中的种种问题，以及对于这些问题的理解，包含思想、学术、典章制度、道德伦理、天道人道等方面，因而研究中国古代学术，需要有丰富的思想资料。

第三，从古代经书中可以看到不同学派的相互影响。经书是儒家经典，但其中也有其他学派的某些内容。从《周易正义》中可以看到，战国中晚期学者受到道家影响，在《易传》中提出了儒家的天道观。他们将自然界的运动变化抽象为阴阳二气的运动过程，通过阴阳定位，结合《易经》卦象加以论证：所谓自然天道实质就是儒家关于社会演变的基本原则。阴阳运动有规则可循，阴阳平衡，居中守正，才是阴阳运转的常态。这表明只有那些中和顺时、刚健有为的人才能赢得百姓的拥戴。这些观点可以说就是儒、道的融合。

以上三点我想大体上阐述了《十三经注疏》的学术意义。

应当指出，近些年来，对儒家经典以及经学史的研究，逐渐成为儒学研究的热点之一。《周易》《尚书》《春秋》《诗经》以及"三礼"的研究不断出现新成果。《十三经注疏》标点本在这个时候出版，必将推动对于我国古代文化学术的研究，这样巨大的学术文化出版工程，是值得欢迎的。

（原载《光明日报》2001年6月21日第C03版）

评荐《清通鉴》

由戴逸、李文海教授主编,中国人民大学清史研究所与有关学校和研究机构合作,集体编纂的《清通鉴》20卷,加上附录2卷,共22卷,已由山西人民出版社出版。

《清通鉴》的学术意义现在来说还过早,在未来的岁月里,历史学家们以及对清史有研究的学者们读了这部卷帙浩大的书以后,一定会有公正和准确的评论。不过,谈谈初读的印象,并将它介绍给史学界,也是应当做的。我的印象是:这是一部经过学术群体辛勤耕耘而结出的果实。

第一,《清通鉴》在编纂体例上有新的创见。固然,通鉴体编年史书早在宋代司马光《资治通鉴》中就被成功地采用过,20世纪的中国当代历史学者运用通鉴编年体例编纂清史,既要保留这种体例本身的优点(如历史线索清晰、时间观念明确,可以论述在同一时间内的许多历史事件和人物活动），又要在史观上、在取材上、在反映时代精神和研究成果上、在唤起读者阅读的兴趣上有所创造和突破。而《清通鉴》很好地体现了通鉴编年体史书的创造性和时代性。

第二，《清通鉴》有深厚的学术含量。只要翻阅几卷，就会有这样的印象：作者们对于史料的搜集、整理、鉴别、考订、取舍、剪裁，并非急就草率，而是长期积累和研究的结果。这部著作搜集史料之"完备"，是令人敬佩的。我刚翻读时，有这样的印象：它在政治、社会、财政、经济、交通、战争等方面是有详尽论述的。至于思想文化学术的论述是否比较完备，这就需要"抽查"一下。我自己提出了几个问题，然后去查《清通鉴》。

例一，黄宗羲《明夷待访录》初刻于清康熙二年（1663年），这是中国封建社会里唯一的一部有理论深度的对于君主专制制度的批判书，《清通鉴》中提到没有？我很快查到《清通鉴》第四卷第1350页有关于《明夷待访录》的简要介绍，并摘录了该书中最著名的命题。

例二，我想起钱谦益卒于康熙三年（1664年），过去读陈寅恪先生的《柳如是别传》，对钱、柳关系的论述是很清楚的，

《清通鉴》是否有记载？我又很快查到，在《清通鉴》第四卷第1359页对钱、柳有精当的介绍。

例三，我又想起方以智死于康熙十年（1671年），《清通鉴》有无介绍？即或没有记述，也不是什么缺点。我在该书第四卷康熙十年十月初七中查到，而且对方氏的死因有小注，可见搜集材料之广。

《清通鉴》中最有特色的是考异，正如此书的作者所说："考异是通鉴体史书重要的、不可或缺的组成部分，考异精审是本书所追求的重要目标之一。"又说："考异的质量最见史学功力，也最能突出《通鉴》特色，在学术上很重要。"作者所说符合实际。全书考异甚多，所征引的资料并不限于清朝皇帝的实录和一般常见的文献资料，而是参照了《满洲实录》《满文老档》等。平实地说，使用《满文老档》，没有多方面的素养是很难如愿的，而《清通鉴》却运用自如，有说服力。

《清通鉴》的行文采用浅显文言，目的是为了节省篇幅。这对我们历史工作者来说，读起来很有兴味；但对于更多的读者来说，是否有困难，没有调查，不得而知。不过，关于《清通鉴》的文字与相关清史原始资料的关系，我没有来得及探究，这里不能做出判断和评论，算是提出一个问题供参考。

《清通鉴》这部著作兼有专史、教材、史料学诸种史学著作的优点。主编和作者们将史学著作的优长尽力熔于一炉，这种学术的创新精神是值得学习的。

《清通鉴》的出版说明，卷帙大、时间跨度长的历史学著作，需要由学术的群体来共同完成。中国人民大学清史研究所和有关学术单位的协作说明，我国历史学界具有深厚的学术潜力，在新世纪里需要把这种潜力转化为研究成果。史学的兴旺发达是必然的，我坚信这一点。

（原载《历史教学问题》2001年第1期）

我读《经史说略》

"十三经"与"二十五史"是我国传统文化的重要文献,卷帙浩繁,文字深奥,如果不是文史方面的专业工作者,读这些原典是很困难的。最近读完《经史说略——十三经说略、二十五史说略》(刘起釪、王钟翰等著,北京燕山出版社2002年出版),情不自禁地想把该书介绍给对中国传统文化有兴趣的读者朋友。如果先读《经史说略》,然后根据自己的兴趣去选读一些经书和史书的原典,肯定会加深对祖国历史文化的理解。《经史说略》是由一批长期研究经、史的专家执笔写成的。这保证了介绍经、史原典的准确性。

读者阅读经书和史书最感困难的问题是:一部原典是如何形成的?在演变中有哪些变化?《经史说略》正是从中国历史文化的长河中去看经、史的形成演变的。如《尚书说略》从"先秦最早的书——残缺的古代文献、孔子教授门徒两教材之一"写起,再写《尚书》在汉代成为儒家五经之一,并形成《今文尚书》《古文尚书》,接着写《今文尚书》和《古文尚书》的历史演变,直到"伪《古文尚书》被推翻,今文二十八篇得到清人、近代的考辨研究",最后谈28篇的历史意义,并附有参考书目。这样,读者对《尚书》的历史演变就有了清晰的了解。《经史说略》对"十三经"和"二十五史"几乎都是如此介绍的。

《经史说略》的再一个特点是注意近人在经、史研究中的成果,并对如何阅读经、史原典提出了具体意见,这些对于读者大有裨益。例如关于"二十五史"中的《三国志》,除介绍怎样成书以及历代对此书研究的情况外,还论述了今人对《三国志》及三国史研究的贡献,如唐长孺、周一良、何兹全、王仲荦等著名史学家在这方面的研究成果。《经史说略》建议读者将《三国志》与《资治通鉴》的三国部分相互参照阅读,和清人的补表、补志及一些名家关于《三国志》和三国历史的研究成果结合起来读,还应注意地下出土资料,包括各种碑刻、墓志、简牍和遗址、实物等。这样全面的论述,我想,对于有兴趣阅读和研究《三国志》的朋友来说,是有很大帮助的。当然这不限于《三国志》，对其他二十四史都是这样的。

《经史说略》力求发掘经书中的深层文化内涵，并对史书的优长和不足进行实事求是的评论，这应当是该书的又一特色。举凡中国古代文化中的各个方面，在经书中都有记载和论述，因此经书亦可理解为中国古代文化的"百科全书"。今人学习、研究中国古代文化，"十三经"仍然是最重要的典籍。《经史说略》从今天读者的需要出发，对经书的文化内涵做了画龙点睛式的说明。以"三礼"（《周礼》《仪礼》《礼记》）为例来看，在《经史说略》中有这样的话："举凡哲学、宗教、典制、职官、兵刑、财赋、祭祀、婚丧、聘迎、宫室、服饰等等，无所不包，有很高的研究价值。"评价准确。接着写关于"三礼"的学术研究、与考古材料对照的比较研究，读来使人思想开阔。除此，《经史说略》中关于《论语》《孟子》《孝经》思想内容的介绍都有一定深度。不过，对经书和史书中文化内涵的发掘，在《经史说略》中似乎不太平衡。

该书在介绍"二十五史"时，对其中某些史书的不足也做了应有的说明，这就便于读者去选择。如《宋书》中有大量天命论观念；《南齐书》曲笔太多，虽有八志，仍有较大不足；《梁书》对史事隐讳不少；《南史》《北史》不能如实地反映当时的民族关系；《金史》材料不足，不写思想文化是一大缺陷；《元史》有不少不合正史体例的地方，不少史实有误或有遗漏；《清史稿》体例不一，繁简失当，时间、地点、人物有不少差误等。

（原载《光明日报》2003年2月13日）

从一本书里想到的文化问题

季羡林先生、池田大作先生和蒋忠新先生的鼎谈集《畅谈东方智慧》,由香港商务印书馆有限公司于2004年5月出版。

作者都是大家,而且都是世界级。季羡老,是国际知名的东方学大师;日本池田大作先生,是国际知名的社会活动家、宗教思想家及和平人士;蒋忠新先生,是国内外屈指可数的研究梵文原本《妙法莲华经》的专家。以这样的阵容做"鼎谈",真可谓一种机缘,其禅言隽语,随处可见。

书的起首,引用了汤因比博士的一句话:"开辟人类的未来只有对话"。这真是至理名言。对话,在英语中叫Dialogue,古希腊哲学家柏拉图著名的《对话录》,强调透过正面的陈述和反面的辩驳、抽丝剥茧般地呈现事物的本质,循此向上推出"最根本的实在",即 Idea。由此可见,在柏拉图看来,对话乃是一种哲学的方法。无独有偶的是,中国南宋时的大学者朱熹,也经常用对话的方法与人讨论学问,他提出"剥"的方法,说"如一块物事,剥了一重皮,又剥一重皮,至剥到极尽无可剥处"(《朱子语类》卷一百二十六)。他解释这个"剥"字说,学者做工夫,"最怕如今于眼前道理略理会得些,便自以为足,更不着力向上去,这如何会到至善田地!"(《朱子语类》卷十六)我想,通过对话,特别是大师的随兴而谈,一步一步地引人入胜,把道理一层一层地展现在读者眼前,真是一种好方法。

读了《畅谈东方智慧》,我生出这些想法,大概正是由于该书的丰富内容和逻辑力量吧。

那么,书中为读者"剥"出了哪些真知灼见呢?我想请大家注意季羡老对东西方文化及其同异所做的概括。他说:

> 东方文化的中心,我认为是"天人合一"。意思就是人与自然要成为朋友;不能成为敌人。(第40页)

> 我主张"天人合一"。天,就是大自然;人,就是人类;合,就是互相理解,结成友谊,不能相视为敌人。(第38页)

> 我以为,东方思想的基础或出发点是综合的、包容的、合二为一的思维模式,而西方思想的基础或出发点则是分析的、排他的、一分为二的思维模式。这两个思维有根本的区别。但这是从宏观上来看的,东西方都不可能百分之百地纯粹。(第221页)

天人合一是中国古老的哲学命题,不同的思想家,可以给出不同的解释,有人认为天是最高主宰,有人认为天是自然,也有人认为天是最高的思想。季羡老以自身的体认,指出天就是大自然,这不仅是一种明快的解读,而且也牢牢抓住了中国传统文化的主题,这就是"天道"与"人道"的关系问题。

透过对话,作者们主要在两方面把这个题目深入了。其一,探讨了不仅在中国,而且在东方其他国家天人合一的表现。例如,季羡老提出,中国人讲"天人",印度讲"梵我",在印度古代婆罗门哲学里，最古的经典《梨俱吠陀》中的《原人歌》，将天人合一思想表现得极为清楚和具体。此外，在东亚的朝鲜半岛，既有自己的本土哲学思想，又受到中国哲学思想的影响，儒家思想在三国时期已经传入，到了高丽末李朝初期，随着程朱之学的传入，天人合一的思想占了上风。这时出现了李穑（1328—1396年）、郑梦周（1337—1392年）等思想家，特别是做"天人心性合一之图"的权近（1352—1409年）。他们的学说强调"万物各其一理，万理同出一源"。这些看法，对思想史的研究，都是很有启发的。

其二，作者们探讨了天人合一的当代意义，表达了"人类只有和自然即环境融合，才能共存和获益"的思想。

环顾今天的世界，"城市化""产业化""现代化""全球化"，已经是时髦术语；与此相伴随，"自然生态平衡""文化生态平衡""能源与水资源""种族文化冲突""宗教矛盾冲突"，也成为大众与媒体的"关键词"（Key words）。细想，这仍然是"天道"与"人道"矛盾的表现。书中池田大作先生的许多警言妙语使人难忘。

《庄子·应帝王》中有一个关于中央之帝"浑沌"的故事。

"浑沌"的朋友南海之帝倏和北海之帝忽，为了让"浑沌"和自己一样，决定为他开凿耳目七窍。结果呢，"日凿一窍，七日而浑沌死"。这个故事的寓意是人不应当任意改变自然。儒家从正面讲道理，用"乾称父，坤称母"这样的比喻，表达了视世人为兄弟姐妹，待自然一草一木如朋友，救助老弱孤独的"民胞物与"思想。这些思想在当代社会，不正可以成为对整个人类有益的"东方智慧"吗？这正如池田大作先生在本书《前言》中所说："我作为鼎谈者的一员，希求东方智慧能在争取万物共生共存的'和平与希望'的世纪显示其雄姿，成为指导'人类文明'的'光明'。"这里我想提到的是，蔡德麟先生的《东方智慧之光——池田大作研究论纲》一书（香港天地图书有限公司2003年出版），可以帮助我们了解池田大作先生的基本论点。

顺便想指出，一些西方学者对上述现象也进行了深刻反省与批评。例如，以写《大趋势》成名的约翰·奈斯比特（Jhon Naisbitt），在1999年与人合著了《高科技·高思维》（中译本由新华出版社于2000年出版）一书，批判地考察了美国文化和许多美国人沉迷于科技的现象。书中指出："科技充斥着美国的社会,它给人们送来神奇的创新,然而也带来了具有潜在毁灭性的后果。"又如已故哈佛大学教授史华慈(Benjamin I. Schwartz,1916—1999年),他在临终前写过一篇短文:《中国与当今千禧年主义——太阳底下的一桩新鲜事》(原载美国 Philosophy East and West,中译文发表于《世界汉学》2003年第1期)。史华慈先生是美国著名的汉学家,他在世纪之交,对美国社会出现的一个日益严重的社会现象——如脱缰野马般失控的消费主义和物质主义——感到极端担忧,他用"千禧年主义"这样与"终极目标"相关的宗教语言向世人发问:人作为人而言,得到越多的物质享受和满足,就越能过得更美好、更幸福吗?抑或这只是一个幻觉而已?

书中也讨论了有关佛学的专门问题,特别是对《法华经》的起源、传播、展开与发展,都做了细致的评述。我对佛学知之不多,但从思想史的角度看,这些都是十分有价值的内容。可惜我们的研究还很不够,像蒋忠新先生这样甘于坐冷板凳的专家,现在还太少。书中蒋先生有一段话,给我的印象很深。他说:"我自身的主要研究领域是梵语佛教文献学。我做过的工作微不足道，不值一提。我准备让对于梵语佛教文献学具有浓厚兴趣的学生来继承我的研究。但是至今我还没有发现一位这样的学生。"（第44页）令人惋惜的是，蒋先生说过这些话不久，便因病辞世了。上面的话，就更让人平添了特别的感慨和思考。

书中精彩和引人思考的地方还很多，让我们安静地坐下来，细细地品味吧。

（原载《华夏文化》2004年第2期）

读《中国文化史要论》

我在中学时读过朱自清先生的《经典常谈》,收益不少。它深入浅出地向青年们介绍了我国古代的一些重要典籍。最近我看到蔡尚思先生的新作《中国文化史要论》(以下称《要论》),一口气读完,又唤起了当年读《经典常谈》时的兴味。

这本著作简要地介绍了中国学术文化史上的代表人物和主要图书,为大学的文科学生、研究生和青年教师,以及社会上自学文科的青年提供了打基础的必读书目。同时,它有重点地叙述了中国文化史各个领域的概况,并根据作者自己长期的研究经验,就治学方法问题提出了一些宝贵意见。因此,说《要论》是一本关于文科的基础入门书,是一点也不过分的。

"文化史"这个名词对青年读者来说比较陌生。这个问题,作者在《引言》中做了说明:"中国文化的主要部分是中国学术。

解放前通称'国学'"。不过,说文化史主要是国学似乎有些费解。因为按照旧观念,国学中并不包括自然科学著作。其实文化史应当是人类的精神生活史,不仅有人文学科,也有自然科学。作者在《要论》中从第一至第六部分分别介绍工具书与文字学、医学与技术、社会科学与自然科学的综合研究的代表人物和主要图书。第七部分为中国文化基础书目,对前六部分进行概括和提炼。第八部分专论清代对以往中国历代学术文化的总结,这很有必要。因为清代出现了许多大学者,他们在学术上有很高的成就,而且清代对过去的图书做了大规模的整理,编成《古今图书集成》《四库全书》等数量惊人的大部头图书。《要论》的第九部分分析中国封建传统思想问题。最后一部分题名"论做学问的辩证关系",其中阐述了关于论与史、吸收与消化、点与面等方面的辩证关系,这些都是治学中的重要问题。以上十部分组成一个有机整体,别具一格。书的内容新颖,文字简练,读起来津津有味。

我觉得《要论》有这样一些优点(或特色):第一,论与史相结合。书目与人物可称为"史",然而作者并不是开个书目就了事,还对书和人物有所评论。如第三部分"历史学与地理学上的代表人物和主要图书"中列举《史记》书目以后,写道:"司马迁《史记》的最大特色是有社会眼光,对历史人物能相当平等地看待,而各予以适当的地位。"接着又将《史记》和后来的史书做了对比,说:"后代只有李贽的《藏书》,比较有此平等精神;而他的《续藏书》即明代部分,可就露出了奴才相,竟吹捧他的本朝头一个皇帝明太祖是'万古一帝',远远超过了'千古一帝'的秦始皇,也和敢说'汉兴高祖至暴抗也'的司马迁不好相比。"诸如此类的评论,言简意赅,对读者颇有启发。第二,《要论》对一些典籍和代表人物的学术地位提出了自己的观点。如关于赵翼的《廿二史札记》,学者对它有不同的看法,《要论》这样评价:"古人读尽全部正史而又能作归纳比较的深入研究者,以此书为第一。钱大昕的《廿二史考异》也比不上此书的有用。"如关于近代大学者王国维,《要论》说:"他不仅相当博学,而且长于文史;不仅长于国故,而且钻研西学;不仅钻研书本,而且精通甲骨。思想与学问相反,是其特点。"这些都是深有研究的见解,提出来有利于促进学术研究方面的百家争鸣。第三,《要论》注意到近、现代文化史的书目和代表人物,可以说是古代与近现代二者兼顾。第四,

《要论》提出了一些值得深入探讨的学术问题。如关于文化的范围，文化史人物和图书举要应如何编写，历史人物如何做扼要的评价，如何评价清代的学术，清乾嘉学派的历史地位，等等。

总之，《要论》是值得向青年同志推荐的一本好书。一本书不可能尽善尽美。《要论》也有不足之处，主要是对古籍的版本注意不够，对中华人民共和国成立以来古籍整理的成果没有充分利用。另外，在编辑方面由于分类较多，书目和人物难免有重复之处。有些重要著作和代表人物有遗漏。另外，有些著作待编，如《蔡和森著作选读》《王国维著作选读》等，最好说明选本尚未出版。

《要论》是一本关于文化史的综合性书目，将来如果能够分门别类地编辑出版一些书目和人物举要，如《中国史要籍和人物》等等，写得细些，对于文科教师和学生来说，是很有用处的。

（原载《人民日报》1980年2月26日）

大学:"文化中心""经济中心"?

王义遒先生是一位既有科学精神又有很高人文素养的教育家。他有丰富的教学实践经验,又有厚实的教育理念。他曾经担任北京大学常务副校长多年,同时是一位亲临教学第一线的有造诣的电子学教授。

义遒先生曾于2002年为中国高等教育论坛写过《大学要引领时代的文化潮流》一文。"引领"一词用得是多么贴切、中肯呵!义遒先生在这篇文章中说:"这是否意味着……大学的活动应当完全围绕着国家和学生个人的经济目标来进行?或者,大学应当继续保持是一所'文化中心',还是应当演变成一所'经济中心'?"这样的问题四年前英国牛津大学校长C.鲁卡斯先生也提出来过。他在北京大学百年校庆的校长论坛上曾说:"大学教育是否真要以经济需要的合适技术来界定呢?"

义道先生这样回答:"我认为,大学作为社会分工的教育主体,她仍应是一个文化中心。"他的这本著作《文化素质与科学精神》中的重要理念也可以概括为:大学应当成为一个文化中心。

作为教育家,义道先生经常写随笔、短论,这些都含有他自己的见解,并非所谓的"应景文章"。因此在某些观点上他的批评也是相当犀利的。他青年时代曾经在风景秀丽的宁波中学读过书,2002年应邀为《宁波中学北京校友会会刊》写了一篇数百字的短文,题名《宁中的灵气》,其中有这样发人深省的话:"几十年过去了,我又回到了母校。不见了那江,不见了那活泼的水、那活跃的船、那浮在江面的月色;代替的,只有那堵塞视线、禁锢活力的围墙。我太失望了。"使义道先生感觉堵塞的,可能主要并不是视线,而是教育的内在灵魂,他说:"教育,从根本上说,就是启发人心智的事业。是启,不是塞,是活,不是堵。不管是什么理由,安全也好,防止干扰也好,都没有启发学子的灵性重要。我多么希望看到奉化江的再现!"

义道先生写的关于教育方面的论文大都含有新意,总会促使人们思考。在大学文化素质教育中,他做了多次讲演,发表了多篇论文,其中就有传播甚广的《在专业课程教学中渗透人文精神》。这篇论文从科学技术活动的任务、科学活动的动力等方面分析科学活动离不开人文精神,离不开"美"的追求。如果论文只是从这一角度进行论述,就会有所不足;义遒先生同时承认科学认识的动力也有来自功利主义的,其中有成就也有弊端,由此得出的结论是:"在这种情况中,我们从事科学活动的动力就应当从过去强调功利目标逐步转向为探索未知和完美的纯科学目标";在这一目标中,当然离不开人文精神的浸润。他的论文注意全面性,而且擅长进行严密的逻辑分析,加上他自己多年的大学管理经验,这就使得他的教育论文具有很强的说服力,这几乎是高教界朋友们的共识。

(本文为王义遒著,北京大学出版社2003年出版的《文化素质与科学精神》一书序言)

《众妙之门》序言

为开展大学生文化素质教育,1997年3月至6月,清华大学图书馆和人文社会科学学院联合举办"中国文化名著导读"讲座,每周一次(星期六下午),受到同学们的热烈欢迎。

这个讲座请清华大学校内外专家主讲,共讲了10多次。中国文化名著并非只有10多种,因而讲座并不能涉及中国文化的全部名著,但是,专家所讲的却是其中最有影响,并足以代表中国文化丰厚内容的若干种。举一反三,给同学们做些介绍、分析,是为了帮助他们在阅读名著方面打下基础,将来他们如果有时间和兴趣,完全可以扩大阅读的范围。因此,我们将讲座的稿子编辑成书时,用了《众妙之门——中国文化名著导读举隅》这个书名。

每位专家在做名著介绍时,各有特点。有的从书的基本内容方面展开论述；有的集中分析书的逻辑结构；有的分析书的时代、历史意义；等等。将这些汇集成册，构成一个整体，对于学生们阅读中国文化名著，肯定会起"导读"的作用。

从1997年下半年起，我们请听讲的同学根据录音整理成文，然后送给各讲的专家审阅。他们又做了修改补充，有些已经大大超过了当时讲座的内容，成为很有见解的学术论文。不过，由于有过多的修改补充，口头讲述的生动活泼性可能受到一点影响。我们注意到这方面的情况，尽可能地保留了专家们讲演时的风采。

给大学生介绍中国文化名著，如何才能达到"导读"的目的，专家们虽然没有专门就此问题做出论述，但是，他们在讲演中通过对某种文化名著的介绍和解剖，实际上回答了这个问题。读者朋友们读了本书，是会有所察觉和理解的。

出版这样一本书，主要是考虑到讲座虽然达到了预期的效果，但是清华图书馆的报告厅毕竟容量有限，而同学们也都希望专家们的讲演能以文字的形式公开出版，从而使更多的青年朋友从中受到教益。这就是出版这本书的缘由。

本书着重介绍的14种中国文化名著，并不是随心所欲地确定的，而是基于三方面的考虑。其一，影响大，内容深刻；其二，难读；其三，具有时代特色。也有其他名著符合这三条的，我们没有写"导读"，那就请朋友们从这13篇的"举隅"中得到一些启示，从而推断其他。

这本书能够出版，除去应该感谢各位来校做讲演的专家们，清华大学出版社的支持和鼓励是十分重要的条件。最后，衷心期待读者朋友能将读后的意见告诉我们。

（张岂之、杨君游主编：《众妙之门：中国文化名著导读举隅》，清华大学出版社1999年出版）

《中国古代医学伦理道德思想史》序一

由陈希宝先生主编的《中国古代医学伦理道德思想史》已经脱稿，即将付印，我感到十分高兴，因为截至目前还没有一部完整的医学伦理道德思想史出版。以往的材料，只是在记叙医学家的时候，提到他们的医德思想。这方面曾经出版过《医学伦理概论》《医学伦理学讲义》《医德资料汇编》等书。

我国有历史久远的医药学传统，在中医治疗和中药方面都有自成系统的伟大成就。发明医药是炎帝神农氏的重大成就。传说炎帝神农氏寻求治病的药物时遍尝百草，"一日而遇七十毒"（《淮南子·修务训》）。在后来的历史岁月里，中国医学形成了自己的特色，这就是将人的身体结构置于整体自然中加以观察，在诊断疾病、寻求病源、开出处方等医疗的每一个环节上，都不是简单地从某一点或某一局部出发，而是从身体的整体结构,从人与自然的相处诸种层面上加以分析综合。同时,在辨证诊治的整个过程中医疗技艺与伦理道德的统一性,这在中国任何一部有影响的医药学古籍中都是这样讲的。

这一点也不奇怪,因为中国古典哲学,不论是儒家还是道家都主张"天""地""人"的和谐统一。在道家看来,"人道"应以"天道"自然为本;在儒家看来,由"人性"便可推知"天性"是什么。于是,"天道"与"人道"的融合、"人性"与"天性"的统一便成为中华优秀传统文化的核心。由此出发,中医学便以和谐统一作为辨证施治的哲学基础,不但有人体与自然的统一,而且有病患者与医疗者的共融,还有医技与医德的结合。可惜在很长一段时间里,人们对我国古代医学伦理观研究得不够,这方面优良传统的继承和发展也受到一定影响。

现在,陈希宝先生等撰写的《中国古代医学伦理道德思想史》即将出版,弥补了这个不足。陈希宝先生长期在西安市卫生系统工作,重视卫生文化建设,担任西安市卫生局领导工作以来,锐意改革,使西安市的卫生事业得到长足发展。《中国古代医学伦理道德思想史》正是在陈希宝先生主持下完成的,姚敏杰、李菼和王永智同志为主要执笔者。

姚敏杰同志现为副研究员，在西安市卫生局政治处工作。1985年至1991年我在西北大学负责全校行政工作的时候，敏杰就在校长办公室工作。后来我到西北大学中国思想文化研究所任所长，敏杰又从校办调任同一研究所工作。早先他毕业于西大中文系，毕业后又随我学习中国思想史，好学深思，由他协助陈希宝先生来完成《中国古代医学伦理道德思想史》是很合适的。其他两位作者即李菼和王永智都是长期从事哲学和伦理学教学和研究的教师。由这样精干的写作班子来完成这部著作的写作，历尽甘苦，现在到了开花结果的时候。

陈希宝先生等对于这部著作的要求是很严格的。他们希望能"为进一步做好中国医学伦理道德思想的研究提供比较全面系统的参考资料及历史线索"；他们还希望努力将"学术研究与弘扬主旋律结合起来，使研究工作具有针对性，对解决当前医患关系及加强医务工作者医德医风建设具有一定的参考意义"。作者们树立的这些目标是否能够达到，那就要请读者来表述意见。

在《中国古代医学伦理道德思想史》即将出版之际，作者要我写序，我告诉他们：我很乐意写，因为这是我早就想读的一本书。在序里我应当把这个愿望告诉读者朋友们，请他们来对这本书做出评价。

（陈希宝主编：《中国古代医学伦理道德思想史》，三秦出版社2002年出版）

历史与文明
——《中国历史十五讲》序

北京大学出版社约我写《中国历史十五讲》，是在2002年1月中旬，要求有科学性又有可读性，适合具有大学文化水平的朋友们阅读。这个倡议很好，大学生（不论哪个系）有一些关于祖国历史的知识是十分必要的。目前市面上可以购买到的关于中国历史的著作，有的是多卷本，分量很大，有的是精深的专著，大学生阅读起来可能有些困难。如果能写出深入浅出、篇幅不太大的中国历史读物，那肯定会受到大学生和其他读者们的欢迎。基于这样的共识，我很快就和北大出版社签了约。

写出这样一本书并非容易的事。如果写得"浅入浅出"，就没有什么意思，不如不写；如果"深入"了，但是不能"浅出"，就违背了这本书的初衷，仍然不行。还是努力去做吧。首先不能不仔细研究在《中国历史十五讲》中写哪些专题，这和书的质量直接关联。我翻阅了一些历史著作，也在大学生中做了一些调查研究，在同年2月便拟出了15个专题：中国文明起源的科学探索；中国古代社会与朝代更替；汉代、唐代、清代"盛世"的透视；中国古代交通与文化传播；中国历史上的民族关系；中国古代的政治、法律和选官制度；中国古代农业、手工业和商业；中国古代的军事思想与军事制度；中国古代丰富多彩的社会生活；中国古代思想的演进；中国古代文学艺术宝库；中国古代史学的形成与发展；关于中国古代科技的思考；中国近代历史的新课题；实现中国特色社会主义现代化的伟大探索。

我想，这样15个专题也许可以概括中国历史最主要的内容。由于中国古代历史悠久，资料丰富，大学生和读者们对古代史接触较少，因此在专题中古代的内容占的比例大些。至于中国近现代史，由于中学讲得较多，在大学其他课程如政治理论课中也含有中国近现代史的若干内容，可以适当精简一些。至于中华人民共和国，特别是实现中国特色社会主义现代化的课题，需要比较充分地加以阐述。

写中国历史用专题叙述的方法，以往并不多见。书名是《中国历史十五讲》，这就决定了必须按照专题去写。当然，专题内容的叙述应当注意历史的顺序，因为这毕竟是一本写历史的书；历史必须要有时间观念，否则读者就看不清历史演变的轨迹。那么，在这15个专题中有怎样的中心内容？我想可以这样表述：通过历史看文明的价值；通过文明看历史的演进。一部中国历史实际上是一部中国文明史，具体说，是中国物质文明、精神文明、政治文明、制度文明的演进历史。中国文明史就是中华民族精神的灵魂。我们想在这本书中贯串这样的中心思想，是否已经做到或是已做到几分，这是要请读者朋友们来回答和评判的。有了这样的思路，才能够把15个专题融合成一本有相同体例、有同样文章风格和叙述方法的书。

有了专题，需要有执笔者。我邀请了几位专家，他们在大学有多年的教学和科学研究的经验。按照上述的中心思想和专题要求，分别起稿的情况是：第一讲执笔者王子今教授；第二讲张岂之教授；第三讲刘文瑞教授；第四讲王子今教授；第五讲杨圣敏教授；第六讲刘文瑞教授；第七讲王子今教授；第八讲范立舟教授；第九讲方光华教授；第十讲张岂之教授、张茂泽副教授；第十一讲李生龙教授；第十二讲方光华教授；第十三讲李生龙教授；第十四讲陈国庆教授；第十五讲杨先材教授。

除第十五讲外,其他各讲都经过反复修改,程序是:我看了初稿以后提出修改意见,请执笔专家考虑修改。再读改稿,如觉得需要进一步修改,则不由执笔者,而由我和刘文瑞、方光华教授一起修改。至于某一专题中若干部分的改写,甚至整个一讲的改写,是常见的事。这样的实践使我和参加执笔的教授们都深深感到写一本"深入浅出"的书是有很大难度的。我们虽然努力要将书写好,使读者愿意而且能够读下去,但是由于水平的限制,书中难免有错误和缺点,请读者朋友们加以批评指正。

(张岂之主编:《中国历史十五讲》,北京大学出版社2003年出版)

素质教育图书该是什么样?

一、"给孩子留足自我探索的空间"——知识与素质

用教育学的术语说就是:教师给学生以充裕的时间,引导他们自己去想,使他们主动地将知识融化为自己的血肉,为优良素质培养积累原料。

如果认为素质教育不需要知识传授,这可能是误解,问题是如何进行知识传授。有朋友说,在美国小学鼓励孩子去玩,并不逼着孩子去死记硬背书本。是这样,但是一个"玩"字却包含有一定的教育内容,在生动活泼的"玩"的形式中去开发孩子们的智慧,似乎这并不是为玩而玩,也不是无任何内容的玩。在美国中学,上课时间并不太多,没有很多的考试。但是老师在进行知识传授时出题目,引导学生去查资料,鼓励学生

亲自动手做实验，这些在课外占了许多时间。总之，在中小学教育中培养孩子们的独立思考能力，引导他们去想问题，智力的开发就能收到应有的效果。

我喜欢一本名为《不想死用功》的书。此书生动地介绍了孩子们学习之前、学习之中和学习之后这三个时间维度，以及其中具体操作的要点，供孩子们参考。我想，孩子们看了会得到启发的。这不是命令孩子们如何走路，而是给他们一张地图，一个指南针，让他们自己去走。小学老师们、家长们看了这本书，试着去做做，看看效果如何。不过此书也有一个小的不足，引用了世界上教育心理学家的名言，可惜对这些人缺少具体的介绍。

二、"创造的冲动永存于我的心中"—— 能力培养与素质提高

素质教育与能力训练并不矛盾。如果对中学生的教育只提知识传授和能力训练，不上升到融化到学生的内在素质中去，就会导致狭隘的实用观点。因此探讨如何将中学生的能力训练

提高到素质教育的高度来认识,是中学教育中的一个重要问题。如何才能提到素质教育的高度呢?这就要在能力训练的实践中引进"创新"的观念。教师应通过各种有效的方式使学生理解:能力的提高并不是简单的学会做这做那,而是要将动手做与创新思想萌芽联系起来,在动手做的具体实践中渗透创造发明的意愿。做到这一点也许就是能力训练与素质教育的融合。

我想用《作文创造力训练》做些分析。此书注意对中学生观察能力、想象能力、联想能力、调整组合能力等等的训练,分析得当,有说服能力,可做参考。在全书的结尾有一首诗:"书总有写完的时候/人类的创造力却永远不会衰竭/能力训练有结束的时候/人类创造的火花却永不会熄灭/我们身边有多少有形的和无形的桎梏/但创造的冲动却永存于我们心中。"这个结束语颇有哲理性,说明对学生的能力培养要集中到素质提高这一点上来。人的优良综合素质表现在哪里?表现在人的创新思维和创新活动上。其实,用科学的语言,同样可以将上述道理讲清楚,不一定限于诗句。

三、"打开想象力之门"——素质教育启蒙

《打开想象力之门》是一本很有趣的书。引导小学生打开想象力之门,这是素质教育最好的启蒙。

此书对各种想象力做了生动的分析,如游戏中的想象、发明创造中的想象、心理暗示中的想象等等,分析得具体有趣,引人入胜。如何才能打开想象力之门?书里提出许多符合孩子想象力的方法,图文并茂,成年人读起来也有启迪性。

什么是想象力?我觉得这里缺少一个简要的说明。打开想象力之门最主要是引导孩子们对许多事问一个"为什么?"这正是素质教育中的重要课题,值得探讨。

四、"他山之石,可以攻玉"——国外素质教育

《我家有个"小鬼子"——中国孩子在美国》,作者是两位留美博士,他们以纪实散文的形式,描述了在美国教子

成才的故事。在我国极力倡导素质教育的今天，看看外国文化背景下如何在生活琐事中寓教于乐，如何在规范教育中保护孩子的天性，如何在统一的学校教育中鼓励多渠道成才的经验，也许对于我们反思一向追求的精英教育向素质教育转化，不无裨益。

五、"大家一起来谈性"——对孩子的性教育

性，前些年是一个不敢谈的问题，这几年好多了，书店里面关于性教育的书也不少，但把握好尺度并不容易，引进国外有关对青少年学生进行性教育的图书是一条很好的捷径。《大家一起来谈性》是一本这方面不可多得的好书。该书不仅只做知识层面的普及，还教给孩子一颗健康的平常心、清晰的道德判断和选择。

（原载《教师报》2001年12月23日）

《城市国学讲坛》第一辑序

广州城市职业学院建立时间不长,就成立了国学研究所,并且开办了国学讲座。如今国学系列讲座又要结集出版,名曰《城市国学讲坛》。这是一件值得祝贺的事,我也很愿意为这部文集写几句话。

2007年秋天,我访问过这所院校。通过了解,我觉得它的办学理念非常好,这就是质量立校,人才强校,文化塑校,特色兴校。

在上述理念中,我特别关注"文化塑校"的提法。按照我的理解,"文化塑校"就是强调人的全面发展。我国的学校教育从小学、中学到大学,都是以知识教育为主,这一点无疑是正确的。但是若以知识教育为理由,忽略人文教育,就会使我们的教育"产品"带有"瑕疵"。"文化塑校"的意义在于,不仅强调科学教育、技术教育，也强调人文教育、思想教育、道德教育、身心健康教育。综合起来说，我们也称之为"综合素质教育"。

关于人文或文化素质教育，教育部从20世纪90年代初期就开始提倡，并有一系列举措，我自己一直参与其中，因而有一些切身的体会。人文素质教育，并不是若干种知识的简单叠加，而是将科技与人文辩证有机地联系起来。这里有几层意思，需要分梳。第一，就科学教育和技术教育而言，不能只重科学知识教育，而忽视技术知识教育。在科学知识学习过程中，职业技能、动手能力都需要加强培养，否则素质就不全面。就当前情况来看，专门职业技能人才显得更加紧缺。广州城市职业学院的建立，在一定意义上可以说体现了这种理念。第二，思想道德教育不能替代人文教育，二者相互促进，相互渗透，要结合起来。第三，科学技术知识的教育与文学、史学、哲学以及艺术的教育需要兼顾融合。第四，在人文素质教育的过程中，对于中华文化的丰富资源，需要有正确的认识，并努力地加以弘扬。

什么是人文教育呢？从理论上说，文学、历史、哲学、艺术等，可以称为人文学科，人文学科所积淀的文化，可以称为人文文化。这些都是人类的精神结晶，表现在一个人身上，就是人文修养或素养。就一个大学生而言，不管你是学习物理、化学还是计算机技术，都要懂得生活的艺术、做人的艺术，懂得什么是美。就广义而言，对整个人类的精神文化遗产，从古希腊哲学家到欧洲近代大文豪，都要有一些了解。这就需要提高人文素质。

在当今，我更想强调的，是对中华民族优良文化传统的修养和认识。中华文化和我们所说的"国学"，在内涵上是相容的。它不仅包括以孔子为代表的儒家，也包括以老庄为代表的道家，还包括中国的佛学和中国道教。这些民族文化中的丰厚资源，是古代哲人智慧的结晶，在今天还有现实意义。

我在广州城市职业学院亲眼看到，他们重视人文或文化素质教育，不仅为学生们开出人文讲座，请学者讲授我国古代人文经典，而且还引导学生参加艺术实践，如茶艺、弹琴、书法等活动，受到学生们的热烈欢迎。我参加了学生的茶艺活动，感受到这些艺术实践对提高学生的审美能力和涵养性情具有潜移默化的作用。

为什么我们要把祖国传统文化作为当今人文素质教育的重点呢？这是因为，改革开放30年来，全国人民在发展经济、奔向小康社会的道路上，还面临着"弘扬中华文化，建设中华民族共有精神家园"的任务。这是党的十七大所明确提出来的。胡锦涛总书记在党的十七大政治报告中说："中华文化是中华民族生生不息、团结奋进的不竭动力。"这里将中华文化的价值和意义提到一个新的高度，值得我们深思。

要全面认识祖国传统文化，有一条原则，这就是"取其精华，去其糟粕，使之与当代社会相适应、与现代文明相协调，保持民族性，体现时代性"。贯彻好这个原则，我们还有许多艰巨的工作要做。

广州城市职业学院国学研究所的成立，《城市国学讲坛》的出版，对广州城市职业学院来说，是一个良好的开端。翻开这本文集，既可以看到郭齐家教授、冯达文教授等对儒、释、道的阐释，也可以品味罗筠筠教授讲解的美学，还可以领略纪德君教授、伍巍教授对古典文学名著和国学诵读的分析，这些都给人以美的享受。我希望《城市国学讲坛》今后能持久地办下去,将国学所对中华文化的研究成果贡献于社会。

是以为序。

2007年冬写于清华园

(李训贵、宋婕主编:《城市国学讲坛》第一辑,中山大学出版社2008年出版)

思想文化研究

理学的开端：二程的《易》学思想

一

《宋史·道学传》从周敦颐开始写起，然而从一个历史时代的主要思潮的特征来看，理学是始于以程颢和程颐为代表的"洛学"。

程颢（1032—1085年）称明道先生，字伯淳；程颐（1033—1107年）称伊川先生，字正叔，洛阳（今属河南）人。他们的思想体系和观点基本一致，故以"二程思想"相称。

程颢举进士后，做过地方官。神宗初改任御史。神宗鉴于内外交困，很想有一番作为，召见过程颢，想听听他的高见。程颢写的《论十事札子》中以土地和兵役这两件最为重要。大量土地被官僚地主即所谓"官户"所垄断，致使国家财政收入减少，而农村佃户即所谓"客户"的人数急剧增加，他们中间不少人难以为生，或流亡，或进行反抗。同时，辽、西夏、金等北方少数民族先后向南发展，严重威胁北宋统治，而政府豢养的大量禁兵、厢兵，并没有多少战斗力。所以北宋时期著名政治家和思想家都要谈兵役和土地问题。

程颢说："唐尚能有口分授田之制，今则荡然无法，富者跨州县而莫之止，贫者流离饿殍而莫之恤。幸民虽多，而衣食不足者，盖无纪极，生齿日益繁，而不为之制，则衣食日蹙，转死日多，此乃治乱之机也，岂可不渐图其制之之道哉？"（《河南程氏文集》卷一）他忧心忡忡地谈到京师（开封）的情况："今京师浮民，数逾百万，游手不可赀度，观其穷蹙辛苦，孤贫疾病，变诈巧伪，以自求生，而常不足以生。日益岁滋，久将若何？事已穷极，非圣人能变而通之，则无以免患，岂可谓无可奈何而已哉？"（《河南程氏文集》卷一）

程颐于仁宗皇祐二年（1050年）写《上仁宗皇帝书》，其中谈到：京师内没有粮食储备，如有凶岁，朝廷将如何应付？还有"强敌（按：指西夏）乘隙于外，奸雄生心于内，则土崩瓦解之势，深可虞也"。再加上百姓劳弊，而"陕西之民，苦毒尤甚，及多逃散，重以军法禁之，以至人心大怨，皆有思寇之言，悖逆之深，不敢以闻圣听，……非民无良，政使然也"。这些都是北宋中期社会情况之真实写照。和二程同时的王安石（1021—1086年）也写有《上仁宗皇帝言事书》，其中也说当时"财力日以困穷，而风俗日以衰坏，四方有志之士，諰諰然常恐天下之久不安"。就在这样一个动荡不安的时代，许多政治家和思想家都想挽救社会危机，以稳定统治。

王安石有一套新法措施，如青苗、方田均税、劳役、保甲、农田水利诸法。在短期实践中收到一定效果，多少可以限制官僚地主和富商大贾，有利于农业生产的发展。二程反对新法，不谈功利，是众所皆知的事，这里不述。问题是：二程究竟提出了什么样的解决方案？事实上他们提不出切实可行的办法，只能说"固宜渐从古制，均田务农，公私交为储粟之法，以为之备"（《河南程氏文集》卷一）。神宗召见程颢，他只是说古制如何好，讲不出当前如何做，故神宗说："此尧舜之事，朕何敢当？"（《河南程氏文集》卷十一《明道先生行状》）而程颐只是强调"劝讲"、给皇帝讲经书，哲宗时为崇政殿说书。他每次给皇帝进讲，神色庄重，继以讽谏。他听说哲宗在宫中洗盏时避免伤害蚂蚁,便问道:"有是乎?"哲宗回答:"然,诚恐伤之耳。"程颐接着说:"推此心以及四海,帝王之要道也。"(《宋史·程颐传》)显然这就切近于迂腐了。

从总的方面看,二程的政治思想比较倾向于唐代中叶以前中国封建社会前期的某些制度,他们肯定乡里血缘的宗法关系和以家族出身与门第身份来认定其富贵贫贱的关系,以及依据门第资格的荐举制。他们不赞成通过自由买卖而取得土地,也不赞成科举取士制。他们说,科举中的明经科无用,而进士科以"词赋声律为工,词赋之中,非有治天下之道也。人学之以取科第,积日累久,至于卿相,帝王之道,教化之本,岂尝知之?"(《河南程氏文集》卷五)他们主张恢复"宗子法",强调说"今无宗子法,故朝廷无世臣。若立宗子法,则人知尊祖重本,人既重本,则朝廷之势自尊。……且立宗子法,亦是天理"(《河南程氏遗书》卷十八)。可见说他们守旧,并不是夸大之词。

从思想发展的渊源看,北宋时期可称为儒家经学的复兴时期,但它不同于汉代的经学。由于佛教对中国思想文化发生了重大影响,经学遇到了劲敌。唐代佛教大盛,太宗时孔颖达撰《五经义疏》,高宗永徽二年(651年)颁行全国,名《五经正义》,

是朝廷批准的经学教科书。至武后时期,《五经正义》已逐渐不占主要地位,而华严宗等佛教宗派则受到当时统治者的大力扶持。这说明经学如果还像汉代那样"恪守师法",背诵老师的经注,而在注疏上提不出新义来,那是很难站住脚的。由于佛教各宗派提出了许多关于世界和人生的新问题,如:现实世界是真是妄?如何认识现实世界的变动不居?人生的意义是什么?如何看待生死苦乐?如何看变动和静止?什么是永恒?等等。中国佛教的不同宗派都对上述问题做出了自己的回答。不管思想家们是否同意或喜欢这些回答,有一点可以肯定的,就是他们不但不能回避这些问题,而且要对它们做出评论。这就是说,思想家们在反对佛学的同时又必须吸收并改造佛学的某些方面,这样才能丰富自己的思想观点。从这个意义上可以说北宋时期是儒家经学的改造和复兴时期,因而学术思想比较活跃。思想家们对经书做出了一些新解释。刘敞著《七经小传》,孙复著《春秋尊王发微》,胡瑗著《周易口义》,李觏讲《周礼》与《周易》,王安石主持《三经新义》的修撰等,都表明了这种倾向。其中关于《周易》的解释,形成了诸说并存的局面。如孙复的弟子刘牧认为太极在象数之先,它们都属于形而上的

"道"，此外则是形而下的"器"。而李觏解《周易》又和刘牧的象数学不同，主张研究《周易》之理以切实用。

二程很重视经学，以复兴儒家经学为己任。程颢年轻时受过周敦颐的思想影响，后来"出入于老、释者几十年，返求诸六经而后得之"（《河南程氏文集》卷十一《明道先生行状》）。程颐为学"以《大学》《语》《孟子》《中庸》为标指，而达于六经"（《宋史·程颐传》）。可见研究"六经"是他们为学的归宿。汉代今文经学家董仲舒说"道之大原出于天"，而二程则说"道之大原在于经"（《河南程氏文集》卷二），主张以儒家经书统一天下之是非，以经书教百官，以经书治天下，这就是他们所说的"穷经以致用"，当然这是改造了的经学。

他们抬高儒家经书的地位，这和佛学的影响有关，因为佛学的各个宗派都有自己的经典，为了与佛学相抗衡，二程必须有自己的历史权威。另外，佛学有些宗派很注意通俗宣传，注意法师的日常言谈，这对二程也有影响。他们解释经书比较通俗，而师徒间的问答也被辑为"语录"，与其著作有同样重要的地位。

总之，二程思想的产生有其必然性。它反映了北宋时期封建统治的危机，以及某些守旧势力力求解决危机的意图，同时又从思想文化方面开辟了儒家经学的新阶段，创造了理学，使之更加适合于当时的需要。

二

二程经学的主干是《周易》之学。范文澜先生说"宋学以《周易》来代替佛教的哲学"，这是很精辟的见解。《二程集》中有《经说》，首篇即《易说·系辞》。程颐还写有《伊川易传》。

《易传·系辞》第一章说明天有神性，天地分成贵贱的等级，又说阴阳二爻代表刚柔两种性质，八卦代表天、地、水、火、风、雷、山、泽等八种自然事物，由此形成日月、寒暑、男女及万物。最后说从卦象（即八卦与六十四卦所象之事物）和爻象（即阳阴二爻所象之事物）中所表明的天尊地卑的道理是简约易知的，能认识这一道理，就能掌握"天下之理"。这些就是《系辞》第一章的要点。

程颐《经说》卷之一《易说·系辞》关于上述第一章的解

释基本符合原意，不过也有出入。他特别强调"理"，说"有理而后有象"，认为卦象和爻象都取决于"理"。这里他所谓的"理"已超出《系辞》第一章所谓"天下之理"的含义。

二程对佛学深有研究，将华严宗的"事理"说概括为"不过曰万理归于一理"，可谓抓住了要害，一语道破其底蕴。二程认为，凡事皆有理，万理出于一理。不过，华严宗以理为障，这是不对的。这样就把人的认识与"理"割裂为二了。程颐强调说："天下只有一个理，既明此理，夫复何障？"（《河南程氏遗书》卷十八）可见他们对华严宗的"事理"说有所取舍。他们依据"凡事皆有理""万理出于一理"的二重逻辑去解说《周易》，这是以前从未有过的。

二程对《周易》之解说与发挥，其中关于"凡事皆有理"这一层逻辑的论述，其"理"泛指自然事物及其法则，其中有不少合理的因素，它们丰富了中国思想史。

1. 事物转化之"理"

《易·否》第十二，上九："倾否，先否后喜。"言否运即逝。《伊川易传》这样解释："上九否之终也。物理极而必反，故泰极则否，否极则泰。"这里从"物理极而必反"说明先否后泰，先危后安,事物是有转化的。此处之"物理"含有法则的意义。

《易·泰》第十一:"《象》曰:'无往不复',天地际也。""无往不复"《释文》作"无平不陂",指有往必有复,有平必有陂。"际",高亨注:"当读为蔡",法则之意(参见《周易大传今注》)。再看《伊川易传》的解释:"无往不复,言天地之交际也。阳降于下,必复于上;阴升于上,必复于下;屈伸往来之常理也。因天地交际之道,明否泰不常之理,以为戒也。"此处区别"常理"与"不常之理"。

二程认为"物极必反","其理须如此,有生便有死,有始便有终"(《河南程氏遗书》卷十五)。他们指出,佛教言住、空,是不正确的。因为事物只有成、坏,没有住、空。如树木有生长也有毁坏,人的生命有生成和死灭,而且在生成中就有死灭的因素,《伊川易传》说:"婴儿一生,长一日便是减一日。"自然事物不是凝固不变的,也不是空幻的,这些就是"天下之理"。可见二程在一定的范围内以辩证观点批评了佛学。

2. 动中才有恒

《易·恒》第三十二:"'《恒》亨无咎利贞',久于其道也。天地之道恒久而不已也。'利有攸往',终则有始也。"

高亨注："云'利有攸往'者，言人之出行终则又始，至而又返，胜利而归也。"（参见《周易大传今注》）对此，程颐发挥出一种哲理。《伊川易传》说："天地之所以不已，盖有恒久之道。人能恒于可恒之道，则合天地之理也。"所谓"可恒之道"即天地之常理。他认为动中才有恒，"天下之理，未有不动而能恒者也"，有了行动，才能行走到目的地，又由此返回出发点。推而广之，"凡天地所生之物，虽山岳之坚厚，未有能不变者也。故恒非一定之谓也，一定则不能恒矣。唯随时变易，乃常道也。"这里说明"一定"（静止不动）与"变易"之关系，前者没有恒道，唯变动中才有，故"变易"才是"常道"。日月星辰有"往来盈缩"，才能久照；四时阴阳之气"往来变化"，方始生成万物。

再如《易·归妹》第五十四："《彖》曰：《归妹》，天地之大义也。天地不交，而万物不兴。"以此说明男女相配乃是天地之大义。程颐将此引申开来，在《伊川易传》中说："一阴一阳之谓道，阴阳交感，男女配合，天地之常理也。"这里所说"天地之常理"，指阴阳相交而万物化生。

3. "万物莫不有对"

何谓"天地之常理"?程颐注《易·萃》卦时说:"凡有者皆聚也。"凡是存在的自然事物都是气聚时的状态。他在别的地方讲得更清楚:"物生,气聚也;物死,气散也。"(《河南程氏粹言》卷二)认为在气聚与气散中即包含着天地万物之理。

在自然事物的范围内,一切皆有二,"万物莫不有对"(《河南程氏遗书》卷十一),气有阴阳;阴阳有动,有上下、开合、升降,阴阳运动之理便谓之"道"。有阴阳才有开合之道,不能说谁先谁后,"老氏言虚而生气,非也"(《河南程氏遗书》卷十五)。可见在所谓"形而下"的自然界,二程认为道与阴阳不可分。从这个意义上说,二程哲学思想的下半截有合理因素。然而从其整个哲学体系看,在"形而下"的自然界之上还有一个无形气可求的"天理"世界,在这个领域内,自然法则是不适用的,"道"成了气的始源和基础,"气是形而下者,道是形而上者,形而上者则是密也。"(《河南程氏遗书》卷十五)

在自然界,二程承认自然法则,反对鬼神怪异之说。他们指出,人们惑于鬼神怪异之说,是由于"不明理故也"(《河南程氏粹言》卷二），其实世界上没有什么鬼神。

二程以后有些思想家批判理学，并不是全盘否定，而是批判地吸取了关于"形而下"即自然界的若干理论思维的资料，并否定其"形而上"的"天理"世界。从这个意义上说，二程思想是从佛教宗教哲学过渡到新儒学思想体系的中间环节，是思维发展史上不可缺少的环节、阶段。

三

二程"易学"还有另外一面。这里从《伊川易传》里举些例证来看。如《易·履》之卦象是"上天下泽"，据此，程颐发挥出关于上下尊卑之分的哲理来，说："天在上，泽居下，上下之正理也。"认为上下尊卑有严格区分，君子观《履》卦，是为了使富贵贫贱各安其位，不得僭越，有了这一条才能治天下。由此可以看出，二程尽管承认自然界事物有变易和转化，却把社会生活中的道德规范和封建礼制说成是永恒之物。

又如《易·艮》卦："《艮》者，止也。"（《周易·序卦》）艮为止，引申为静止之意。对此，程颐也有发挥，说"有物必有则"，凡物皆有规则、法规、等级。从社会生活看，"父止于慈，子止于孝，君止于仁，臣止于敬，万物庶事莫不各有其所。得其所则安，失其所则悖。圣人所以能使天下顺治，非能为物作则也，唯止之各于其所而已。"（《二程集·周易程氏传四》）认为人皆各有其固定的地位（"所"），圣人治理天下，使各级人等皆安于其"所"。父慈、子孝、君仁、臣敬都是各有其"所"的表现，是他们各自应当遵守的道德规范。在二程看来，"上下之分，尊卑之义，理之当也，礼之本也"（《二程集·周易程氏传四》），永远不会改变。

再如《易·坤》卦："坤厚载物，德合无疆。"意为地德普及万物而无边。程颐这样解释："资生之道，可谓大矣。乾既称大，故坤称至。至义差缓，不若大之盛也。圣人于尊卑之辨，谨严如此。"（《二程集·周易程氏传一》）这样说来，封建社会的等级名分不但不可变易，而且被神化为产生一切的始源。在二程看来，这就是所谓"万理归于一理"。二程《易》学的主旨在于说明封建主义等级制是合理的，并且要人们通过道德修养去恪守这个等级制度的种种法律的和伦理的规定。我们知道,封建的所有制也可称为等级所有制,马克思用了"封建的或等级的所有制"①(《德意志意识形态》,见《马克思恩格斯选集》)这种提法。在中国历史上维护封建主义的思想家都要论证等级制的神圣不可侵犯性,二程也是如此。

由于理论上的这种需要,二程提出"天理"说。程颢谓:"吾学虽有所授受,'天理'二字,却是自家体贴出来。"(《宋元学案·明道学案上》)他们借用《孟子》《中庸》《大学》的思想资料,对"天理"说做了充分的论证。

《孟子》认为仁、义、礼、智为人心所固有,用以区别人与禽兽、君子与小人:"人之所以异于禽兽者几希,庶民去之,君子存之。"(《孟子·离娄下》)依据同样的逻辑,二程也说:"人之所以为人者,以有天理也。天理之不存,则与禽兽何异矣?"(《河南程氏粹言》卷二)从这方面说,"天理"相当于道德观念,被认为是绝对的"善",并用以区分人之善恶。人们经过修养,使自己的思想行动符合"天理"

---

① 中共中央马克思恩格斯列宁斯大林著作编译局编译:《马克思恩格斯选集》第一卷,人民出版社,1995年,第20页。

之准绳，就克服了人性中恶的因素，而使本来的善性得到充分发挥。

"天理"既是道德规范的总称，其中的一项重要内容即"忠君"。二程强调说，臣对君必须竭诚相待，忠心耿耿，君不正也不能埋怨。只要做臣的"诚积而动，则虽昏蒙可开也，虽柔弱可辅也，虽不正可正也"。（《河南程氏粹言》卷二）所以君不正，过错不在君而在臣，因为臣没有"诚积而动"，没有使君变不正而为正。如果做臣的不按臣之道来做，必将使"皇天"震怒。"皇天"为何物？"皇天"即"天理"。这样"天理"就有了神性。

除此，"天理"中还有"男尊女卑"一项。二程说"男女有尊卑之序，夫妇有唱随之礼，此常理也"（《二程集·周易程氏传四》）。又由此推论出所谓"饿死事极小，失节事极大"。对此是要全文摘引的：

> 问："孀妇，于理似不可取（娶）。如何？"
> 曰："然。凡取以配身也。若取失节者以配身，是己失节也。"（《河南程氏遗书》卷二十二下）

"天理"规定男子不可娶孀妇,孀妇不可再嫁。如若娶了孀妇,不但孀妇失节,男子也有失节之罪。

> 又问:"或有孤孀,贫穷无托者,可再嫁否?"
> 曰:"只是后世怕寒饿死,故有是说。然饿死事极小,失节事极大。"(《河南程氏遗书》卷二十二下)

"怕寒饿死"二程称为"人欲",与"天理"相违背,是罪恶之渊薮;修养的目的就在于克服"人欲"。因此孀妇饿死算不了什么,再嫁罪莫大焉,是不能饶恕的。

封建社会里区别贫富贵贱的种种礼制和法律,以及子以父贵、妻以夫贵和地主官僚所享有的种种特权,二程也称为"天理"。他们说:"视听言动,非理不为,即是礼。礼即是理也。不是天理,便是私欲。人虽有意于为善,亦是非礼。无人欲即皆天理。"这样看来,"天理"就成为封建礼教的总括,是被神化了的封建主义"权威"原理。人的思想与它稍有不合即是"非礼",因此二程的"天理"说便着重论述如何才能使人的思想与"天理"相合。

佛学的某些宗派说，人人皆有佛性。何以有人成佛，有人不能成佛？对此有各种不同的解释，二程的"天理"说也碰到类似问题。既然说"天理"是绝对的善，而且是人人心中皆有的，那么为何有人为善，又有人为恶？二程的回答是："寂然不动，感而遂通者，天理具备，元无欠少，不为尧存，不为桀亡，父子君臣，常理不易，何曾动来？因不动，故言寂然。虽不动，感便通，感非自外也。"（《河南程氏遗书》卷二上）按"感"出自《易传·系辞上》："《易》无思也，无为也，寂然不动，感而遂通天下之故。"就是说《易》本身无思无为，人用《易》占事，诚心诚意，感而通之，就能明白天下之至理。这里已经把《易》神化了。二程将此引申开来，说只要人们诚心诚意，心存虔敬，笃信"天理"，并按照"天理"行事，"天理"即可响应人的要求，使之成为圣人。这样的推论方法也是脱胎于《易传·系辞上》："夫《易》，圣人之所以极深而研几也。……唯神也，故不疾而速，不行而至。"可见二程的"天理"说不仅将儒家经学哲学化，而且把它宗教化。

依照二程观点，"天理"岂不成了客观的神吗？它既是神，又是人心。二程用"诚"这一范畴加以改造，用它来沟通"天理"

与"人",联结客观与主观。他们说"天理"即"诚",只要人们心存诚敬就能感知"天理"。按"诚"出于《礼记·中庸》,《中庸》云:"诚者,天之道也;诚之者,人之道也。"这里说"诚"即是"天道",向"诚"的方面努力即是人之道。真正达到"诚"的境界,即可成为"先知"者,预见祸福之将至。因而说"至诚如神"。这样"诚"就从客观的神物转变为主观精神状态。二程沿着《中庸》的思维路径,称"诚者理之实,然致一而不可易者也。天下万古,人心物理皆所同然,有一无二,虽前圣后圣若合符节,是乃所谓'诚'。诚即天道也。"(《河南程氏经说·中庸解》)就是说"天理"即"诚",它沟通古今、上下、前后、左右,而且是人心所同然、前圣和后圣相一致的普遍效准性。这是君子们经过努力达到的精神境界。《中庸》论"人道",有四方面的内容:第一,天按照规则运行,人应当按规矩办事;第二,天道不息,相应于此,人应当自强不息;第三,人应讲诚信,不自欺,不欺人,自尊、自信、自爱;第四,人不但要爱人,而且要爱万物,即所谓"仁民而爱物",这里"物"是代词,指万物,包含自然界的一草一木。

《中庸》强调：一个讲诚信的君子，必须刻苦学习。学习有五个方面："博学之"——广博地学习；"审问之"——详细地向别人请教；"慎思之"——周密地思考，不思则不得；"明辨之"——明确地辨别是非、辨别善恶、辨别美丑等；"笃行之"——切实地身体力行，知行合一。

总之，二程的思想被称为"理学"。理学在中国思想史的发展长河中，有特殊的地位。先秦诸子、西汉经学、魏晋玄学、隋唐佛学、宋明理学，这些是中国思想史开出的不同花朵。这样说，并不是要颂扬它，也不是说它没有糟粕。在漫长的700年间，理学家辈出，其间不能没有值得后人吸取的有价值的思想成果，对它进行具体的历史分析，不宜全部否定，也毋庸偏爱。

［原载《西北大学学报》（哲学社会科学版）1981年第2期，原标题为《关于二程的〈易〉学思想及其他》，选入本书时夹注中的文献版本有所更新］

论明代刘蕺山学派思想的贡献

探讨明末清初的学术思潮,有一个学派是不能忽视的,它就是蕺山学派。蕺山学派的主要代表人物有刘宗周、黄宗羲和陈确。虽然同属于一个学派,但他们在思想上的侧重面并不相同,各人都有自己的特点。

一

黄宗羲(1610—1695年)是杰出的思想史家,他编撰的《明儒学案》一书的第六十二卷,题名《蕺山学案》,其中精选了刘宗周的著作①,并对他的生平及思想做了概括和介绍。黄宗羲是刘宗周的学生,他把《蕺山学案》作为《明儒学案》的最

---

① 《明儒学案》关于刘宗周材料的节录,最为精到,既全面,又有重点。

后一卷,也许含有继往开来的意思吧。

黄宗羲对刘宗周推崇备至,说明代思想的发展,"逮及先师蕺山,学术流弊,救正殆尽"(《南雷文定前集》卷四《移史馆论不宜立理学传书》)。这固然有夸大之处,但也有合理的因素。有明一代思想,开始是沿袭程颐、朱熹理学,《明儒学案》中所列《崇仁学案》《白沙学案》《河东学案》的思想基本上都是这样。明中叶出现了上接宋代陆象山,以王守仁为代表的心学,心学与理学彼此争论不休[①]。明中叶以后的江右(今江西)、浙中《王门学案》《泰州学案》《甘泉学案》的思想基本是王学。至于《明儒学案》一书中的《诸儒学案》,其中有近于程朱的,有近于陆王的,也有倾向于其他学派的,情况比较复杂。明末的《东林学案》在思想上是程朱、陆王各派兼而有之。到了蕺山学派,才表现出和理学相分离的倾向。

刘宗周(1578—1645年),字起东,号念台,浙江山阴人,学者称他为蕺山先生。明熹宗天启初年,刘宗周任礼部主事,支持东林学派,反对以魏忠贤为代表的宦党,后来被革职。崇祯时三次起用,结果由于他揭发朝廷的弊政而被罢官。南明弘

---

① 本文称程朱学派为理学,陆王学派为心学,这二者合称道学。

光朝,刘宗周起复原职(御史),抨击权臣马士英、阮大铖,被逐出南京。清军占领南京、杭州后,他绝食而死。其著作编为《刘子全书》《刘子全书遗编》。

我们首先探讨刘宗周的思想渊源问题,其哲学思想既受王守仁、许孚远(甘泉学派学者)的影响,又在自然观上接受了张载"虚空即气"的观点。刘宗周从自然观上反对佛老,非议程朱,是从"盈天地间,一气而已"的前提出发,认为"有气斯有数,有数斯有象,有象斯有名,有名斯有物,有物斯有性,有性斯有道,故道其后起也"(《明儒学案·蕺山学案·语录》)。这里的推论明显地带有"卦气""卦象"说的痕迹,但主旨是说明气在道之先。由此他便对理学提出诘问:"而求道者,辄求之未始有气之先,以为道生气,则道亦何物也,而能遂生气乎?"(《明儒学案·蕺山学案·语录》)

刘宗周的上述观点及其推论本之于张载[①]。不过,他有比张载进一步的地方。第一,他上接宋代叶适,清楚地论述了"道

---

① 张载《横渠易说》卷下说:"有(气)则有象,如乾健坤顺。有此气,则有此象可得而言;若无,则直无而已,谓之何而可?是无可得名。……有气方有象,虽未形,不害象在其中。"按:刘宗周论述气在道先,论证方法以至用字用句与张载相同。

不离器"的观点，这比王夫之的"道器论"还要略早些。刘宗周说："离器而道不可见，故道器可以上下言，不可以先后言。有物先天地，异端千差万错，从此句来。"（《明儒学案·蕺山学案·语录》）《周易·系辞上》："是故形而上者谓之道，形而下者谓之器。"理学借用此以阐发道是永恒的，器是暂时的。照朱熹的说法，太极生阴阳，阴阳生五行，是由形而上的道降到形而下的器的过程。和理学的"道器论"不同，刘宗周主张道不离器。他所说理学的千差万错都从"有物先天地"（天地万物有个造物主）而来，颇切中要害。

第二，刘宗周在自然观上论述了"有""无"的辩证观点。他吸取了佛学"有无合一"的合理因素，抛弃了寂静虚无的"真如"为世界本原的宗教观点。他认为，盈天地皆气，气无形；从具体事物的产生看，可说是从无到有；从事物的消亡看，可以说是从有到无。因此，在"有"中有"无"，在"无"中有"有"。事物的产生与毁坏相统一，在产生中有毁坏，在毁坏中有产生，"非有非无之间，而即有即无，是谓太虚，是谓太极"（《明儒学案·蕺山学案·语录》）。这不但批评了太极创造事物的理学观点，而且是"虚即气"观点的深化。如像张载那样，直称虚即气，气即有，这就比较直观。而刘宗周认为虚是"有"与"无"的统一，就把气之"有"与具体万物之"有"做了一定的区别。

其次，刘宗周在人性论上的观点值得研究。

他在这个问题上的出发点是：不同意理学将人性区分为"义理之性"和"气质之性"。所谓"义理之性"乃是指人心所固有的仁、义、礼、智等道德观念，它是绝对的善，又称"道心"。所谓"气质之性"，被称为是后天的东西，可以为善，亦可为恶，又称"人心"。理学主张以"义理之性"克服"气质之性"。刘宗周力求将二者统一起来，就如同他在自然观上用气来统一万物一样。可是他采取了一种简单的办法，提出："理即是气之理，断然不在气先，不在气之外。知此，则知'道心'即'人心'之本心，义理之性即气质之本性。千古支离之说，可以尽扫，而学者从事于入道之路，高之不堕于虚无，卑之不沦于象数，道术始归于一乎！"（《明儒学案·蕺山学案·语录》）何以从"理即是气之理"就能推断出"义理之性即气质之本性"呢？他这样说是否克服了理学支离破碎的毛病，既未堕入虚无，而又避免重犯象数学的错误呢？没有。刘宗周实际上是用陆王心学的抽象思辨去反对程朱理学的抽象思辨。

有些思想家把自然观上气的学说贯彻到人性论上,便提出:气有清气与浊气,清气构成道德,浊气构成肉体。可是刘宗周并不同意这种"气禀说"。于是他便提出"意"是心之主宰:"心一也,自其主宰而言,谓之'意'。"(《明儒学案·蕺山学案·语录》)按"意"一词出自《大学》:"欲正其心者,必诚其意",指意念而言。刘宗周借用"意",说它是心之主宰。他所谓的"意"不是认识论概念,而是伦理学范畴,相当于王守仁的"良知"(王守仁有时也称"良知"为"意"),即封建道德观念以及以此为标准去判断是非善恶的能力,它被说成是先天的、人心所固有的。这样,刘宗周需要证明的东西早已包含于推论的前提之中,因此他的推论变成这样:"人心、道心只是一心",而"道心"是主宰("意"),所以这二者统一至"道心"方面。换言之,"气质、义理只是一性",而"义理之性"是主宰,这两者便统一于"义理之性"的方面。这种统一其实是唯心论的统一,以先天的道德观为基础。至于人们如何认识"道心"(或"义理之性"),并不需要研究客观事物,用刘宗周的话说,就是"静存""义敬",指一种内心的省察,他又称之为"慎独"。

"慎独"一词原出于《中庸》。《中庸》云:"道也者,不可须臾离也,可离非道也。是故君子戒慎乎其所不睹,恐惧乎其所不闻。莫见乎隐,莫显乎微,故君子慎其独也。"意谓君子独处之时,也保持"至诚"的精神状态,以便通过卜筮而与天或鬼神相通。刘宗周从《中庸》中借用慎独说,提倡内心省察,并以道德进行自我激励,在这点上与理学和心学并无多大区别。

由此我们可以看到,刘宗周在自然观上依据张载的观点,主张气外无理,可是在人性论方面又和理学相一致,把"气"与"心"相提并论,说"有心而后有性,有气而后有道""性者心之性,道者气之道"(《明儒学案·蕺山学案·会语》)。在他看来,仿佛世界有两个本原,一个是气,由此产生自然界诸事物,另一个是"意"(或"心"),由此产生人性和人类的社会生活。

黄宗羲继承了刘宗周的思想观点,提倡独立思考,在学术思想史的研究方面做出了重要贡献。

二

黄宗羲是清初思想界的三大家之一(另外两位是王夫之和

顾炎武）。

黄宗羲一生坎坷不平。他的父亲黄尊素是明熹宗天启时被宦官惨杀的东林党人，这一不幸事件促使他在青年时期便参加了反抗"奄宦"（宦官）的斗争，并受到刘宗周的教诲。后来清军南下，他在浙东组织"世忠营"进行抵抗，失败后继续进行抗清活动。晚年从事学术研究，写出了中国最早的思想史《明儒学案》、《宋元学案》（黄宗羲未完之作，后由黄百家、全祖望相继续修完成）。除此，他在清康熙二年（1663年）时写成一本著名的政治理论著作——《明夷待访录》，指出明朝政府的种种弊政，锋芒直指"君权"。

黄宗羲痛斥明末的空疏学风。他说，在科举制度下，士大夫们手抱《四书集注》和《性理大全》，以此作为衡量古今学术和臧否人物的标准，如有一言与书中所载不合，立即瞋目而视，说什么"此离经也，此背训也"。在这些人看来，对古代经书之研究、人物之评价、历代之治乱，"莫不各有一定之说"，早就在圣贤书上写好了的。其实他们对任何事物都没有"深求其故，取证于心"，他们对事物的判断简直和瞎子说胡话差不多。（《黄宗羲全集·恽仲升文集序》）

黄宗羲提倡独立思考，认为即或自己的见解与经传不合，亦无关宏旨，不为世俗所屈。他要求人们从理学的束缚中解脱出来，放到理性的天平上（即所谓"取证于心"）重新加以估量。

黄宗羲的哲学思想在自然观上继承了刘宗周"理依于气"的观点，认为气的运动变化形成四季的寒暑、万物的生成，这就是"理"。

黄宗羲认为，不能离气言理，也不能离气言性。气能演化为自然万物，也能演化为人的恻隐、羞恶、恭敬、是非之心（谓之"性"）。这种观点是否克服了刘宗周的二元论呢？没有。因为黄宗羲遇到了难题，即：气如何演化为人之性？气没有感觉和思维，如何变成人的感觉和思维？黄宗羲所处的时代还没有提供解决这个问题的科学材料和思维方法。他求助于思辨哲学，重述刘宗周的观点，认为人心中必有"主宰"（或名之曰"意"），由于它的指点，使"血气"（物质的东西）转化为"义理"（伦理的东西）。他说："养气者使'主宰'常存，则血气化为义理；失其'主宰'，则义理化为血气。所差在毫厘之间。"（《黄宗羲全集·孟子师说》）他用不同的名词称呼这个作为代名词的"主宰"，或曰"意"，或曰"心"，或曰"良知"。它凌驾于气,但它又不是遥远的,而是潜藏在每个伦理个体的心中。黄宗羲的这种主宰论进一步反映出"气禀论""慎独论"还缺乏坚实的理论基础,受到一定程度的限制。

由此就不难理解黄宗羲在《明儒学案·序》中说"盈天地皆心"。这是一个值得探讨的问题。有的学者认为这个命题与"大化之流行,只有一气充周无间"①(《黄宗羲全集·与友人论学书》)相矛盾,所以怀疑它是否是黄宗羲的手笔。我的浅见是:"盈天地皆心"确为黄宗羲的观点,《明儒学案·序》不是伪作。固然,"盈天地皆心"有心学影响的痕迹,对此应结合《明儒学案·序》的整个内容去进行分析。该序开宗明义说:"盈天地皆心也。变化不测,不能不万殊。心无本体,功力所至,即其本体。故穷理者,穷此心之万殊,非穷万物之万殊也。"此处探讨的不单是认识论,而且是明代思想史问题。此处之"心"

---

① 《明儒学案·序》改本云:"盈天地皆心也,人与天地万物为一体。故穷天地万物之理,即在吾心之中。后之学者,错会前贤之意,以为此理悬空于天地万物之间,吾从而穷之,不几于义外乎?此处一差,则万殊不能归一。夫苟工夫著到,不离此心,则万殊总为一致。学术之不同,正以见道体之无尽也。即如圣门,师、商之论交,游、夏之论教,何曾归一?终不可谓此是而彼非也。奈何今之君子,必欲出于一途,剿其成说以衡量古今,稍有异同,即诋之为离经畔道,时风众势,不免为黄茅白苇之归矣。"

主要指思想。在中国哲学中一个范畴往往有多种含义，要看在哪种场合使用。黄宗羲一则说各家都有自己的观点，此即"穷此心之万殊"的一种含义。其次，各家学说孰长孰短，孰得孰失，要读者们细心体察，不要人云亦云，这是"穷此心之万殊"的又一种含义。这样看来，他所说的"盈天地皆心"强调了独立思考的作用，认为评论各家学说的长短，不要以一家之言为准，更不要拘守于程朱理学。如果不是这样，就会把精华当作糟粕，而一无所获。可见黄宗羲"盈天地皆心"的命题包含有尊重理性和反对独断主义的积极内容。

《明儒学案》一书包括明代的各个思想流派，既有对各学派代表人物及其思想（特别侧重于哲学思想）的介绍，又有关于各个学派的原始资料的选录。它是一部比较完整的断代（明代）学术思想史。黄宗羲关于编写思想史的基本原则的见解表现出深厚的功力和远见卓识。有一条是：治思想史必须抓住各家思想的宗旨。他说："大凡学有宗旨，是其人之得力处，亦是学者之入门处。"（《明儒学案·发凡》）《明儒学案》关于每一学派代表人物及其思想的介绍，都抓住宗旨，言简意赅，一目了然。如关于刘宗周思想的宗旨只勾勒出两点："儒者人人言慎独，唯先生（刘宗周）始得其真。""盖离气无所为理，离心无所为性。"（《明儒学案·蕺山学案》）而这些确实是刘宗周思想的主线。

再一条原则是：治学术思想史不应囿于一家之言，而应保留各种"相反之论"。黄宗羲说："学问之道，以各人自用得着者为真。凡倚门傍户、依样葫芦者，非流俗之士，则经生之业也。此编所列，有一偏之见，有相反之论。学者于其不同处，正宜着眼理会，所谓一本而万殊也。以水济水，岂是学问？"（《明儒学案·发凡》）清初，程朱理学是正宗思想，一切皆以理学为准。黄宗羲要打破理学的独断，所以明代思想家有反对理学者，或在一点一滴上与理学不同者，他都不轻易放过，而将这方面的材料辑于《明儒学案》一书中，使读者真切地看到"相反之论"。以下试举几例。

例一，关于罗钦顺（1465—1547年，号整庵）。《明儒学案》卷四十七《诸儒学案中一》提到罗钦顺，并摘引他论述理气的材料："通天地，亘古今，无非一气而已。气本一也，而一动一静，一往一来，一合一辟，一升一降，循环无已。……初非别有一物，依于气而立，附于气以行也。"（《困知记》，转引自《明儒学案·诸儒学案中一》）黄宗羲对此评论说："盖先生（罗钦顺）之论理气，最为精确"（《明儒学案·诸儒学案中一》）。接着黄宗羲又指出："先生之论心性，颇与其论理气自相矛盾。"（《明儒学案·诸儒学案中一》）诚然，罗钦顺承袭了朱熹的观点，认为仁、义、礼、智先天存在着，在人心中体现为恻隐、羞恶、辞让和是非之心。据此黄宗羲又说："先生之言理气，不同于朱子，而言心性则于朱子同，故不能自一其说耳。"（《明儒学案·诸儒学案中一》）这符合罗钦顺的思想要点。不过，黄宗羲尚未自觉地意识到，罗钦顺与刘宗周在理气问题上不同于朱熹，可是在心性问题上却与王守仁相近，他们的思想同样缺少一贯性。

例二，关于王廷相（1474—1544年，号浚川）。《明儒学案·诸儒学案中四》提到王廷相。黄宗羲评论说："先生（王廷相）主张横渠之论理气，以为气外无性，此定论也。"王廷相认为离气无性，"天下之性，莫不于气焉载之"（《慎言》，转引自《明儒学案·诸儒学案中四》）。黄宗羲的评述抓住了王廷相哲学思想的要点。黄宗羲还指出："先生受病之原，在'理'字不甚分明"（《明儒学案·诸儒学案中四》）。在这一点上，黄宗羲显然有偏见，因为他认为气中有一部分是善的，它形成人性，故人性善。他在气上安立道德属性。而王廷相则说"气万则理万"，认为气形成人体，从人的知觉运动中产生仁、义、礼、智之类的道德观念，故人之善恶系之于后天的教育。这一点得不到黄宗羲的赞同。

还要提到，《明儒学案》在细微处也不放过对程朱理学提出诘问。如卷七《河东学案一》提到薛敬轩（1389—1464年），其思想基本上是程朱理学，以"日光载鸟背而飞"去说明"理乘气机而动"。他的日光、飞鸟之喻脱胎于朱熹的"理一分殊"说，以为理为主宰，气为从属，理散而为万物，天地只有一理。对此，黄宗羲评论说："窃谓理为气之理，无气则无理，若无飞鸟而有日光，亦可无日光而有飞鸟，不可为喻。"意谓既能认为有理无气，亦可认为有气无理，这两者都是片面的。黄宗羲在这里其实是批评了朱熹的观点。

总之，《明儒学案》一书保存了明代各家思想学说的资料，以及黄宗羲的研究成果，是我国优秀文化遗产的组成部分。

[原载《西北大学学报》（哲学社会科学版）1980年第4期，原标题为《论蕺山学派思想的若干问题》，选入本书时内容有删节]

17世纪清朝初期中国学术史上的两大家：东南的黄宗羲与关中的李颙

各位朋友、来宾们：

大家好！我争取在15分钟左右讲一个大题目的要点。这个题目是：《17世纪清朝初期中国学术史上的两大家：东南的黄宗羲与关中的李颙》。请大家指正。

在我国明末清初的思想学术史上，群星璀璨，其中东南的黄宗羲与关中的李颙，特色独具，在思想文化史上具有重要的影响。

一、黄宗羲的《明儒学案》

黄宗羲（1610—1695年），其父黄尊素是明末被宦官惨杀的东林党人。江苏无锡有东林书院，书院的对联是："风声雨声读书声，声声入耳；家事国事天下事，事事关心。"东林党人是当时的读书人，他们反对明朝宦官的黑暗政治。黄宗羲在青年时期，就参与了政治活动。后来，清军南下，他在浙东组织力量进行抵抗，结果失败。在17世纪，明末清初，还没有条件把每个人的政治背景弄清楚，所以黄宗羲可以由政治斗争转向学术研究，其学术成就记载于中国历史中。

清朝初期，黄宗羲独自编撰《明儒学案》，所谓"学案"就是今天所说的学术流派。此书所叙述的学术人士有200多位，书中既有这些论学之士的学术观点，也有关于他们的资料汇集。

《明儒学案》最后一卷名《蕺山学案》。此学案是关于黄宗羲的老师刘宗周的学术资料和学术思想的。

刘宗周（1578—1645年），山阴（即今天浙江绍兴）人，讲学于该地的蕺山，学者称他为蕺山先生。

刘宗周早年反对以魏忠贤为首的宦党，揭发明朝种种弊政。清军占领南京、杭州后，他绝食而死，其著作编为《刘子全书》《刘子全书遗编》。

刘宗周深受北宋时关学开创者张载（1020—1077年）的思想影响。张载影响了刘宗周，刘宗周又影响了黄宗羲。由此可以看到，关中与浙江绍兴虽有千里之遥，但山河挡不住思想文化的相互交流和影响。关中之学与东南之学的交融，在中国学术史上写下了光辉的篇章。

黄宗羲的《明儒学案》有其独特点。首先，它论述的不是一家的学术思想，而是明代诸家之说。论述一家（洛学）的学术思想，南宋时大儒朱熹的《伊洛渊源录》是一个重要的标志。黄宗羲的《明儒学案》所论是明代诸家的思想学说。这是新的学术创造。

还有，《明儒学案》一书明确地提出了一个大问题，就是：何谓"学术"？黄宗羲在《明儒学案》一书中给了学术一个新的定义，即学术乃是天下之公器，学术的价值要靠天下人来评定，不能靠君主一人判定其是非。君主所是未必是，君主所非未必非，由此引出了一场学术思想的大变革。这是黄宗羲的大贡献。后来，他草创，黄百家、全祖望补修的《宋元学案》，也反映了这种相反相成、和而不同、不主于一尊的学术观念和思想。

二、清朝初年学术思想的另一种走向

与黄宗羲处于同一个时代,"不事二姓",固守名节,同时在学术上有高深造诣和新观点的思想家,关中大儒二曲先生就是其中一位。

李颙(1627—1705年),字中孚,号二曲。早年讲学于江南,后来到关中书院讲学。他是周至(本作盩厔)人。山之曲谓之盩,水之曲谓之厔,因以为号,人称二曲先生。康熙帝于1703年(康熙四十二年)至关中,要见李颙,李固辞。地方官以其著作进呈,康熙帝写了"关中大儒"四个字送给他。后来清廷多次召见,李颙以死相拒,不肯往见,在家筑一土室,日处其中,只有大学问家顾炎武来访,才肯出面交谈。

"不事二姓"等并不是二曲先生的贡献所在。他在学术上的贡献,我想,可以从以下几个方面简要论述:

(1)二曲先生是理学家,他始终尊奉理学,既接受朱熹之说,也赞同王阳明"知行合一"之说,将此二者结合。在这方面,他没有学术偏见。

(2)二曲先生和朱熹在有一点上相同:他们都认为《大学》

一书是入学之门。《大学》曰:"大学之道,在明明德,在亲民,在止于至善。"这就是"三纲领"。接着从格物、致知、诚意、正心、修身、齐家、治国、平天下八个方面,也就是"八条目",阐述实现"三纲领"的途径。对此,朱熹有所阐释。他的阐释成为四书入门的指导。

二曲先生没有反对朱熹的上述讲法,但他的阐释有新意。他认为,"明明德"的主旨在于自信与运用,这二者不可分。有了自信,才能很好地运用;在运用中,才能巩固自信。

(3)二曲先生是理学家,他提出了自己独特的心性修养论,认为,儒学中的六经、四书,卷帙浩繁,但其中有一条主线,他称之为"悔过自新"。这四个字对圣君如尧、舜、禹、汤、文、武,对圣人如周公、孔子,对学术名士如朱熹、王守仁、罗汝芳等也都适用。二曲先生所说的"悔过自新"实际上是一种理性的自觉。

(4)二曲先生主张学以致用。他著有《四书反身录》,此书从康熙至道光,140多年间四次印刷,影响很大。它由二曲先生口述,门人王心敬记录,主要内容是发挥学以致用的观点。这对稳定清朝统治以及加强社会教化都有明显的效果。

（5）二曲先生倡导理学应当在孔门真髓上下功夫，既要明体又要适用，这样，才能像朱熹和王守仁那样，成为真儒。如果明体而不适用，则是腐儒；适用而不明体，则是俗儒。这些都不是真正的儒。二曲先生还指出，当时社会有一种"应付儒"，表面尊儒，实际上都是"应付"，做表面文章，装给人看，是相信不得的。

二曲先生一生不到清朝政府里去做官，但他主张儒者应当集会结社，互相交流，反对独居独学。他制定《关中书院会约》十条，其中对学术讨论交流的重要性做了阐述。

讲到这里，我把上面讲的归纳一下：

其一，黄宗羲提出并论述：学术是天下之公器，其是非要由天下人去判断，不能依靠君主，君主之是非是他一人的是非观，不能代表普天下的学术公论。这在明末清初是否是新思想？应当肯定。

其二，二曲先生一生讲学，著述不断，其中贯串的思想是"悔过自新"的理性自觉,这在明末清初是否是新思想?应当肯定。

三、从历史到今天

以上所讲都是历史。讲历史是为了现实,所以我想再讲几句。

2017年1月25日,中共中央办公厅、国务院办公厅印发《关于实施中华优秀传统文化传承发展工程的意见》,要求着重研究和宣传中华优秀传统文化的核心思想理念,宣传中华传统美德,发扬中华人文精神。文件提出:"把中华优秀传统文化全方位融入思想道德教育、文化知识教育、艺术体育教育、社会实践教育各环节"。文件还规定:"推动高校开设中华优秀传统文化必修课,在哲学社会科学及相关学科专业和课程中增加中华优秀传统文化的内容。"这个文件下发快一年了,需要认真地付诸实践。

我个人在教学与研究中有这样的体验:对青年朋友来说,他们头脑里积累的中华优秀传统文化越多,那么,他们越能在做人和做事上具有良好的品质和素养，越能理解并信仰中国化马克思主义，从而为中国特色社会主义贡献自己的力量。中华优秀传统文化是一个重要的基石，不可忽视。

谢谢！

（本文系作者2017年12月17日在陕西省孔子学会2017年年会暨"儒学与新时代"学术研讨会上的主题发言）

中华优秀传统文化中的"道"与道教文化

女士们、先生们、朋友们：

欢迎诸位光临中国古都西安，参加"中国道教协会第二届道教文化艺术周"，本次活动主题为"道济天下·德化人生"。我想借用孔子的话说："有朋自远方来，不亦乐乎！"（《论语·学而》）

一、什么是"道"？

汉字中的"道"，原本的意思指道路。后来又有"天道"与"人道"之说。"天道"指自然的变化，"人道"则指社会之道和为人之道。"天道"和"人道"有什么关系？这是中国古代哲学中的重要问题。

老子是春秋末期人,姓李,名耳,楚国苦县(今河南鹿邑)人。他曾经担任东周王室管理图书的工作,学问渊博,对人文、兵学、农学都有研究。据司马迁《史记·老庄申韩列传》记载,老子看到东周王室衰微,不愿再留下,出了函谷关,行踪不详。老子给后人留下一部著作,名《道德经》,意思是:人们如何认识"道",如何才能得到"道"。

《老子》一书即《道德经》。全书81章,直接谈到"道"的有77章,"道"这个词出现过74次,从不同的层面阐述世界的本原是什么。

《老子》书的第一章说:"道,可道,非常道。"道可以用语言文字来表述,但用语言文字表述的道不是常道。接着又说:"名,可名,非常名。"名可以用文字来表述,但用文字表述的名不是常名,是靠不住的。老子认为,"无"才是天地的开端。"无"是什么?"无"指的是空间,没有任何形象,不能说它是方,也不好说它是圆,所以才说"无"是天地的开端。什么是"有"?有具体的形象了。老子说,"无"和"有"都是"道"的表现,用一个名词来表述,叫作"玄"。"玄"指黑颜色,意味着"道"深远幽杳,看不清它的细节。总之,老子认为世界的开端是"玄之又玄，众妙之门"。

由此可以看到，老子不用祖先神作为世界的创造者，也不用物质元素如金、木、水、火、土去阐述世界的开端，他用智慧从多中求一。这个"一"他称之为"道"。

在老子看来，"道"与人、与天、与地并称，他说："人法地，地法天，天法道，道法自然。"宇宙中有这"四大"，人是其中的一个。"四大"的关系是：人法地，地法天，天法道，天、地、人都是自然而然地从"道"中产生的。从这里可以看出，老子并不轻视"四大"中的人。

老子提出一个重要的观点，就是"反者道之动"（《老子》第四十章）。"道"不断地朝相反的方向运动，以至最后回到了出发点。自然界是这样，人类社会如何治理呢？老子提出了一个重要的命题，倡导"上善若水"（《老子》第八章），即最高的善应当像水那样是至柔的、卑下的。

《老子》书第八章对"上善若水"做了这样的分析：

最高的善应当像水那样（"上善若水"），

水善于帮助万物而不与其他的人争利（"水善利万物而不争"）。

水总是在众人所不喜欢的地方（"处众人之所恶"），所以接近于"道"（"故几于道"）。

与此相应，老子继续说为人处世都要像水那样：

居住安于卑下（"居善地"），

存心像水那样深沉（"心善渊"），

交友像水那样忠实（"与善仁"），

语言像水那样真诚（"言善信"），

做官像水那样清廉（"正善治"），

办事像水那样利索（"事善能"），

行动像水那样恰逢其时（"动善时"），

正因为像水那样与万物无争（"夫唯不争"），

才不会犯大的过失（"故无尤"）。

《老子》书的第四十九章把上述思想加以归纳，提出"圣人无常心"（意思是圣人没有自己个人的想法），"以百姓心为心"。老子向往的理想社会是"小国寡民"式的群体，人民过着平静的和平生活。总之，老子的社会思想是以民为本的思想。

二、中国儒学也谈"道"

在中国历史上的春秋末期,谈"道"者不只是老子,还有儒家的开创者孔子。

何谓"儒"?这个词早在商代就有了,指的是村社里的教职人员,他们的工作是主持祭祀、接待宾客。春秋末期,"儒"成为以传统礼仪知识谋生的自由职业者。孔子是今山东曲阜人,他对古代经典《诗》《书》《礼》《乐》很熟悉,并且笃信其中讲的道理。在这个基础上,孔子提出了他自己的思想观点,就是"仁者爱人"。内容是:"己所不欲,勿施于人""己欲立而立人,己欲达而达人"。孔子开办私学,培养学生,是中国最早的老师。

孔子也有关于美好社会的理想,据《礼记·礼运》记载,儒家向往的大同社会,其特征是:"大道之行也,天下为公。"在大同社会里,人民衣食不愁,相互帮助。儒家相信,从乱世到小康再到大同,这是社会必经的几个阶段。

讲到这里,朋友们可以看到:"道"是中国古代思想中的一个重要理念。老子谈"道",孔子也谈"道",尽管他们的理想社会在具体的理解上有所不同，但他们都有民本思想，而且有为实现美好理想而奋斗的精神。由此可以证明：中华民族创造了5000多年的文明史，优秀的传统文化是中华民族的根和魂。

三、中国的道教

道教是中国土生土长的宗教，"道"是它信仰的核心，它认为人们都有修道成仙的可能。道教将人的最高理想定为长生成仙，围绕这个目标提出了实现的方法。

道教有几个来源。首先是老子、庄子，道家思想中的"道"论、养生论和神仙论思想为道教的产生提供了理论基石。西汉末东汉初，老子被尊为"太上老君"，成为道教的教主和尊神，这标志着道教的形成。

道教的思想渊源还有黄老之学。假托黄帝思想，称为黄老之学，表示年代久远。到东汉时，神仙思想更加浓厚，标志着道教的产生。

其他如墨子思想、战国秦汉时期流行的神仙传统和方士方术、民间宗教中的巫术观念以及阴阳五行学说，都和道教有关联。有一点需要指出，道教并不反对儒学。东汉时期的《太平经》是道教的早期经典，提出要忠君、孝亲、敬长，并将"天地君亲师"合为一体。

关于道教的历史，这里不详论。不过也要指出，明代全真道最活跃的地方是湖北的武当山。这里也是道教的一个转折点，从明代后期到清代，再到民国时期，道教的地位逐渐下降，教理教义少有创新，教团组织日渐分散缩小，宫观日趋破败，呈现出衰落的迹象，这是为什么？

那么在今天和未来，道教应如何提升、发展？这是一个很重要的问题。

道教要和我们所处的新时代相适应，这是关键。中共十九大，习近平总书记在《决胜全面建成小康社会 夺取新时代中国特色社会主义伟大胜利》的报告中说："要根据新的实践对经济、政治、法治、科技、文化、教育、民生、民族、宗教、社会、生态文明、国家安全、国防和军队、'一国两制'和祖国统一、统一战线、外交、党的建设等各方面作出理论分析和政策指导，以利于更好坚持和发展中国特色社会主义。"

关于道教，怎样和发展中国特色社会主义联系起来？我想从学术研究角度提几点建议，供朋友们参考。

在今天和未来，我国道教在发扬中华人文精神方面，需要淡化"成神成仙"观念，力求与时俱进。

道教文献中含有关于中国古代科技、医学、养生等方面的资料，需要加以提炼，使之适合于今天中国特色社会主义新时代的需要。道教对中国古代科学技术史产生过影响，道教徒从宗教神学的角度对自然现象和规律进行探索，在天文学、数学、物理学、化学、博物学、生态学等领域产生了许多重要成果。

值得一提的还有道教医学，它是道教徒围绕其宗教信仰、教义和目的，在与传统医学相互交融过程中逐步发展起来的，是中华医学重要的组成部分。道教发展史上出现了一批杰出的医药学家和著作。例如：东晋时期的葛洪（284—364年）著有《肘后备急方》等，提出"价廉、简便、灵验"的用药原则和"救急、方便、实用"的医疗思想；南朝时期的高道陶弘景（456—536年）著有《本草经集注》和《养性延命录》，在中药学以及养生理论方面进行探讨；

唐代著名道士孙思邈（581—682年）写有《备急千金方》（又称《千金要方》）和《千金翼方》等医药学经典著作，是中国传统医学的集大成者之一，被后世尊为"药王"。此外，道教医学强调生理治疗、心理治疗、精神信仰治疗相融合的医学模式，并发展出养生术，这些都包含着许多积极的因素。

我们还要研究道教文化，包括道教建筑、道教美术、道教音乐等。其中，道教宫观建筑以唐代最盛，全国达687处。现存的著名道观有河南鹿邑太清宫、陕西周至楼观台、陕西户县重阳宫、湖北武当山道教建筑群等。

道教美术与道教建筑同步而行，主要有道教塑像、神仙画像、宫观壁画、文人道画等，都要研究。

还有道教音乐，这是为神仙祝诞、祈求上天赐福以及超度亡灵等方面的音乐，包括独唱、齐唱、散板式的联唱，以及鼓乐、吹打乐、合奏等多种形式。我在周至的楼观台听到过地道的道教音乐。

道教关于得道的方法，分为内修外炼两部分，也就是大家所说的内丹与外丹，都需要研究。

四、结语

我在大学进行关于中华历史文化的教学与研究,我不是道教中的成员。从学术研究出发,我以为,我们应传承发展道教中的积极方面,对于不适合时代需要的则有所舍弃。这样,道教才能在新时代发挥其正面的教化作用,鼓励道友们从宗教修养方面为新时代服务。谢谢!

陕北文物点考察记

一、考察基本情况

1990年夏，我在省政府专家顾问委员会承担了一个研究课题，名："陕西文物保护调查研究"，得到专家顾问委员会的支持。我计划分三步进行考察：第一步考察陕北文物点，第二步考察陕南文物点，第三步在关中选择一些点进行考察。

我于7月29日离开西安，到黄陵、延安、子长、米脂、绥德、榆林等地考察，8月17日返回西安，历时20天。在行前得到省文物事业管理局负责同志关于考察重点的提示，每到一地，承地区（延安地区和榆林地区）和县市文化文物部门的协助，引导参观，组织座谈，提供资料，考察得以顺利进行。这里表示深切的感谢。

在这份考察记中，我不想以写日记的方式去记叙考察过程，这样将会使考察显得呆板和单调。我从历史工作者的角度，就此次考察的所闻所见以及陕北地区文物保护和利用诸问题提出建议，供省人民政府和省文物事业管理部门领导参考。

二、应重视文物工作

自从十一届三中全会以来，陕北地区人民生活有了显著改善。虽然偏远地区人民的温饱问题尚需继续解决，虽然陕北地区的经济和文化建设还有待加强和提高。这 10 年来，延安和榆林地区的文物工作在省政府和省文物事业管理局的领导下，已经有了自己的机构和一定的人员编制。关于文物的整理和利用，文物政策的贯彻落实，地区、县、市的文物工作者在艰苦的条件下，做了许多工作，取得了明显的成效。目前存在经费短缺、编制不足，特别是文物安全保护的设施很差等问题。这些需积以时日，随省财政收入增加而逐步解决。我认为这些都不是根本问题，根本问题是地区、县、市各级领导都要提高对文物工作认识的自觉性。

我在考察中深感此种认识的自觉性还有待提高。地区主管文化文物工作的负责同志，县、市文化局负责同志，地区文管会的负责同志们，对于文物工作的重要性都有较明确的认识。但是我觉得这还不够，如果地区、县、市党政负责同志，尤其是主要负责同志都能对文物工作的重要性有高度的认识，努力学习文物知识，了解政府的文物政策，那么陕北地区的文物工作会搞得更有成效，许多属于人、财、物方面的困难可能会解决得更好一些。

关于这一点，我从正面举些例子。榆林地委副书记陈智亮同志虽然做的是党务工作，但他对于历史和文物的研究有浓厚的兴趣。当他在岗位时，利用业余时间研究榆林地区的历史沿革，考察文物景点，翻阅有关文献资料，在离休后写成《榆林史话》一书。我在榆林考察期间读了这本小册子，觉得其中充满了对于乡土的热爱，对于历史文物和现代革命文物的深厚感情。陈智亮同志对于文物的研究兴趣，在地区干部中间有影响，有利于吸引更多的同志加深对于文物工作的认识。

再举一例。黄陵县委书记马占国同志几次和我谈话，使我感到，尽管他在县上不是文化文物工作的主管人，但他作为县党委会主要负责人，对文物工作的重要性有认识，这必然会推动县文物工作的建设和发展。

陕西省是我国文物资源最丰富的地区之一。陕北黄土高原是我国古代文明的发祥地。我们有责任妥善地保护和利用祖先和先辈留下的丰富文物，有责任充分利用文物作为向人民进行爱国、爱乡土教育的素材，从而提高民族凝聚力和民族自信心，以推动四化建设。不仅如此，文物景点的开放与利用，还可以提高人民的文化水平，开阔他们的视野，丰富他们的生活，意义十分重大。

我想建议：第一，陕北地区、县、市党政各部门负责同志，特别是主要负责同志，每年最好能有一两次机会专门考察本地区文物点，并听取关于文物工作的汇报。第二，请省文物事业管理局的负责同志或专家每年到陕北地区、县、市一次，给各方面负责同志做一两次关于全省文物工作情况和文物政策的通报。

我再重复一句：就我此次到陕北考察文物点的一点体会，就是吁请陕北地区、县、市各方面负责同志都重视文物工作。有了这一条，其他的困难都可逐步解决。如果缺少这一条，即或将来在钱、财、物上有所解决，恐怕也不能从根本上解决问题。

三、在文物保护、利用和研究上需贯彻"抓重点"的方针

党中央和毛主席在陕北生活、工作和战斗了13年，留下了极为丰富的现代革命文物。在前几年，人们不大到陕北来看现代革命文物，但今年情况有变化。据延安革命纪念馆的同志说，今年入夏以来到纪念馆参观的人已达数万，有大学生、中学生、教师、干部、战士，也有少数外国友人。这是好现象。

我看了枣园党中央曾经所在地，以及毛主席等中央负责同志的旧居，不甚满足。我把自己的感觉很坦率地告诉了延安地区的白副专员。他说知道这个情况，但由于人员编制有限，加上安全设施不足，如要对现代革命文物点同时加强建设，似有困难。在我与白副专员的探讨中，他提出"抓重点"方针，并做了发挥。我觉得他提的意见很好。

在陕北，现代革命文物很多，如果每个点都同时加强建设，事实上办不到，反而会把应当做好的给耽误了。在延安地区，关于现代革命文物首先要抓的"重点"，我做如下建议：

第一，整顿和加强延安革命纪念馆。此纪念馆需突出党中央在陕北13年这个主旨。照目前的陈列情况看，对这一主旨的突

出似乎不够。另,纪念馆除去图片外,需增加一些必要的实物、图表,集中地反映出艰苦创业的延安精神。还建议利用音响等设施向游客介绍党中央当年在延安领导抗日战争和解放战争的概况。总之,展出必须忠实于历史,又要多样化、丰富化,使游客扎扎实实地受一次延安革命精神的教育,留下深刻的印象,经久不忘。另外,纪念馆只是搞展出还不够,最好能有少数同志做些研究。有了研究,展出就能不断丰富,就会有更强的生命力。

第二,着重整顿和充实毛主席和党中央其他负责同志在延安的旧居。毛主席在延安先后有四处旧居,同时加以充实,在目前经费和人员紧张的情况下,很难成为事实。如果首先选择一处旧居,恢复历史原貌,增加展品,增添生活气息,加强保卫,经过努力在短期内可以办到。

第三,建议着重加强陕北现代革命文物三个点的建设。

一个是洛川县洛川会议旧址。现在该处经过整修,恢复了原貌,还有洛川会议室,以及会议室旁的毛主席居室。洛川会议有重大的历史意义,加强这个点的建设很有必要。我此次考察,看到洛川会议旧址,庭院整洁,护理人员(有编制的只有1人)责任感强,给人留下深刻印象,来此参观的学生和战士颇多(在公路旁，交通便利）。

　　建议再加强一个点，即子长县瓦窑堡会议旧址。瓦窑堡会议召开于党中央、毛主席经过二万五千里长征，刚抵达陕北不久。当时时局仍然严峻。看了旧址后给人一个突出印象：中国革命胜利得来不易。这个点，子长县保存得比较好，但是尚未公开展出，而且几乎没有什么展品。我在此参观，深思良久，想到当年革命的艰苦，无形中增加了现在克服困难的信心和决心。因此我想吁请加强这个点。

　　1947年，党中央和毛主席等转战陕北，领导了全国解放战争。在米脂、佳县、清涧、榆林等处，毛主席等中央负责同志都住过，并召开过重要会议。可惜，由于时间限制，我没有在榆林地区专访毛主席旧居，所以不能提出加强哪一个具体点的建议，但是，党中央和毛主席等转战陕北，需要选一个点加强整顿和建设。

　　总之，陕北地区现代革命文物需要很好地保护，但是在文物的整理和利用上需要一步一步来，这就是"抓重点"。此方针如果从地区到县市都有共同认识，且有加强的规划，那么发挥革命文物的教育作用就会收到良好的效果。

四、在文物保护、利用和研究上需注意抓"特点"

在考察期间,我曾经向榆林地区文化局和文管会负责同志提出两个问题:一、榆林地区文物的特点是什么?二、根据这些特点如何做文物工作的规划?当然,这两个问题带有研究性质。他们对此很感兴趣。我们在座谈中,关于特点问题有这样的共识:第一,榆林地区处于陕北黄土高原与毛乌素沙漠交界处,在历史上是多民族聚居的边防重地。这里的古迹多与历代边防战争和边防要塞相关。有古代城防、墩台、堡寨,明长城保留较为完整。第二,长城沿线文物遗存丰富。第三,东汉时期画像石数量多,有些已达很高水平。第四,少数民族文物丰富。第五,宋元至明清时期的石窟文化颇具特色。第六,佛、道寺观不少,如榆林地区佳县的白云观初建于明代(万历皇帝笃信道教),数百年来香火不断。

以上一些特点都具有丰富内容,可以做专题文章。这些文章做得好,对该地区文物之整理与利用,就会真正做到心中有数。正因为如此,榆林地区文物工作的负责同志提出这样的建议:请省上关注陕北地区的文物工作,希望省上做未来10年文物规划时就考虑如何发挥陕北榆林地区文物的特点。不过，我认为，这个建议固然应当向省上反映，但是，地区文物工作者最好能根据本地区文物的特点，考虑文物工作的短期和长期规划，以供省上研究参考。这一环工作是基础，很有必要。在研究文物工作时，从本地文物特点出发，进而考虑工作规划，这个思路很好。

与文物特点相关，这里我想谈谈旅游和宗教的关系问题。在这次考察中，我在佳县白云观逗留了一昼夜，和道长、道士们攀谈，和佳县文化局负责同志聊天，印象很深。白云观山脚下黄河奔流，河的对面就是山西省境内高峻的吕梁山脉，气势雄伟。站在白云观，觉得世界是这样庄严博大，而人竟是如此渺小，使人产生多种联想。从这个感受上说，此处是一个自然景观有特色的旅游点。1947年毛主席转战陕北时，曾两次来白云观，指出要很好地保护文物古迹，因此在后来的"文化大革命"中此道观所受破坏较少。这是一方面，另一方面，白云观又是道教的宗教点，每年吸引从陕北、山西和内蒙古来此的香客很多，道观每年收入的所谓"布施钱"数目不小。总之，白云观既是宗教点又是旅游点，也是文物点。这些方面应如何统一管理？榆林地区和佳县文化文物工作负责同志根据国家宗教和文物政策采取"开放"的方针：文物工作者和道教研究者愿来此考察，开放；旅游者愿来参观道观和山河壮丽景象，开放；香客们愿来烧香敬神，既不反对，也不提倡，仍然开放。这样做，效果好。

也许有人会问：让众多香客来烧香敬神，难道这不是提倡迷信吗？其实不然。首先要分析：为什么从明代以来此处香客不断？过去，这里的生活，以及黄河彼岸（山西），加上内蒙古牧民的生活，极为贫苦，百姓们需要寻找精神寄托和心灵安慰。白云观所敬奉的真武祖师神等，从宗教的角度给人一种精神满足，似乎神灵可以帮助人们解决生活、生病、家宅平安、生儿育女诸问题，因而百姓们信仰起道教来。佛教有许多宗派宣传"累世修行"，这比道教宣扬当下直接解决某项具体的生活问题，要缓慢得多。加上明代统治者提倡道教，所以以往在陕北贫困地区道教颇为流行。马克思主义关于宗教学的一条基本原则是：百姓们的宗教迷信不是行政命令所能解决的，只有靠经济和科学教育的发展而逐步解决，当群众因袭历史上形成的宗教迷信，不是用封闭的办法所能解决的，要在相当长的时间内，才能逐步丢掉对命运之神的信仰。应当很好地执行党的宗教政策。正是依据这种理解，我觉得榆林地区文管会对白云观香客所采取的办法：不提倡烧香敬神，也不硬性禁止，切合当前群众文化教育水平。

围绕文物特点，我还想谈谈陕北石窟文化问题。我在考察中看到了几个石窟，其中以子长县石宫寺石窟（又名钟山石窟）给我留下的印象最深，此石窟最早建于宋英宗治平四年（1067年）。石窟中佛像雕塑形象逼真，千姿百态，是真正的艺术佳品。我认为，此石窟之重要历史价值在于：第一，此石窟历经宋至明、清，反映了这些朝代宗教的演变历史。在北宋为佛雕像，至明代增加了老子雕像，至清代又有"三教圣人"之说，即除去释迦牟尼、老子外，又增加了孔子，即所谓佛、道、儒的圣人。所以此石宫寺的历史遗迹为研究这段时期宗教史提供了资料。第二，现在所指石宫寺石窟，主要指最大的石窟万佛洞。据说有些石窟至今尚未开掘、清理。如将来有条件开掘，则石宫寺石窟在范围和内容上可能会更加扩大。第三，石宫寺石窟自然条件好，面临川道，离子长县只有15里，将来交通路线改进，此处有条件可建成一个有吸引力的文物景点。总之有潜力，有发展前景。根据以上三点，我吁请有关方面注意这个文物点。据我观察，此点现在的负责人比较通晓业务，积极负责，但他需要支持。目前迫切需要支持的有二：增设两位安全保卫人员（关于此，我已跟子长县委张书记谈过）；同时要尽快解决钟山顶端的排水问题。再重复一句：陕北石窟，最好首先扶持这个点。因为它具有比其他一些石窟更好的条件。

五、文物干部的培训和其他具体问题

这次考察中，有一点感受很深：许多文物工作干部在艰苦的条件下，忠于职守，勤恳工作，做出了成绩。他们有一个共同的愿望：希望能有业务提高的机会。关于此问题，我想提两点建议：陕西省文物事业管理局和西北大学联合办文博学院，原咸阳文博培训班已撤销，这样西大文博学院可否为在职人员办培训班？我觉得有此必要。还可考虑由西大文博学院派教师利用假期在地区办短期培训班。用较少经费为陕北地区文物工作干部的提高尽一份力。除此，地区根据需要，视经费情况，有计划地办一些短训班（一两周均可，如今年夏榆林地区为提高文物工作干部对文物编号、做登记卡的技能水平，办了7天的培训班，效果不错）。还要提到，陕北地区有少数文物工作干部过去参加过全省的文物普查工作，这对他们业务水平的提高起了很大作用。由省上抽调地方上部分文物干部做一段实际工作，再回到原单位，这也是培训文物工作干部的好办法。

凡是在文物事业上做出成绩的干部，建议省上开文物工作会议时能加以表扬，以鼓舞士气。

关于文物保护的技术问题，当前陕北某些文物（石窟）面临风化的严重威胁，至今没有很好的解决办法。现在西大文博学院设立了文物保护专业，我拟请文物保护专业的老师将陕北文物风化问题作为研究课题进行研究，吁请省文物事业管理局支持并指导。

关于文物安全问题，省上非常关切，已下达决定：将各地一、二级文物运到西安，集中保管。这个决定极为正确、及时。尽管如此，陕北各地还有一些贵重文物的安全问题尚未得到解决。如：我在绥德文化馆仓库看到的画像石（姑名之曰"羚羊画像石"），十分珍贵，但安全问题没有解决。再，石窟雕像不可运出，如我在子长县钟山石窟所见，石窟门加了三层锁，负责同志夜夜巡逻，思想负担很重，担心再发生破坏和盗窃佛像事故。这些都亟须解决。

我是历史工作者，在西安工作几十年，过去从未下去跑过。这次跑了20天，受到很多启发和教育（不仅是文物工作方面）。以上所反映的问题恳请领导关注。总之，对陕北地区的文物工作需要有更多的理解和支持。

（注：1990年此文发表后，时任陕西省委书记的张勃兴同志看了，认为本文提出的意见很好，他支持加以解决）

忆《宋明理学史》的撰著

——邱汉生先生对《宋明理学史》一书的贡献

由侯外庐(1903—1987年)、邱汉生(1912—1992年)先生和我主编的《宋明理学史》(上卷28章,下卷36章),约130万言,1980年启动,1985年写毕,1987年由人民出版社发行第一版,至今已整整30年。

当我对《宋明理学史》进行修订时,我思念过去指导我们撰写此书的老师,他们早已驾鹤西去。今天我伏案写作时,感到有些孤单。我怀念过去一起撰写《宋明理学史》的朋友们,由于日夜辛劳,加上其他原因,有几位已经离开了这个世界。

早在1959年,外庐先生已有编著《宋明理学史》的想法。当时,《中国思想通史》第四卷即将完成,由于篇幅的限制,其中对宋明理学的论述不多，他请邱汉生先生为撰写《宋明理学史》早做准备。汉生先生告诉我，从那时起他开始搜集并研究宋明理学。那是动笔之前的20年。到组织编写组开始撰写《宋明理学史》一书时，汉生先生已写有不少笔记，他多次在编写组内讲过，也在海外和国内进行学术交流时加以介绍。

一、《宋明理学史·后记》中的一段话

《宋明理学史》中，汉生先生在《后记》中有这样一段话："我们有幸在首都工作。这里有藏书十分丰富的全国最大的图书馆。例如，北京图书馆的明永乐年间内府初刊本《四书大全》《五经大全》《性理大全》，是很珍贵的。……我们得以坐在该馆的善本书室里静心地阅读，这事实本身说明我们的幸运。……另有一部桑皮纸本，是明初南京印制的，收藏在中国科学院图书馆，版式字体开本与内府刊本相同，只是纸张不同，也是国内稀有的善本了。我们有幸得借阅以与内府刊本相校。这真是我们撰著工作中的喜事。何心隐的集子现在有了刊本，而当初

只有容肇祖先生收藏的抄本①。过去写《中国思想通史》第四卷下册,蒙容先生慷慨借予。这也只有在北京有此方便。"接着,汉生先生有感而发:"学术是天下的公器,然而没有兰台石室之藏,没有天禄琳琅之富,则巧妇也难于作无米之炊,任是曾窥二酉,也就失去了做学问的根本凭藉。解放以前,书籍的匮乏,曾使学人搁笔。兴言及此,不胜慨叹"。这些话,汉生先生在《宋明理学史》编写组内多次说过,我们都有同感。

二、研究宋明理学史譬如"看山""上山"

汉生先生在《宋明理学史》编写过程中,经常对编写组的朋友们说:"我们研究宋明理学,有个譬喻:从'看山'到'上山',这要付出很大的精力。"

"譬如看山。看到前面有一座山,它际天蟠地,它高耸入云,它林木苍翠,它溪涧玎琮。我们大体对它有些了解。于是我们攀登,拾级而上,攀悬崖,登高峰,升降流连,渡

---

① 1946—1950年我在北大哲学系读书,听容先生的中国哲学史课,在讲课中他曾经介绍过何心隐等的著作,当时我没有读过。

溪涉涧，越过峻坂，徜徉平冈，然后浩歌而归。……写下来，乃成为一部《山志》。这部《山志》，还是粗略的，不免有遗漏，也有失误，但总堪作揽胜之一助。更有进者，我们的主观愿望是，想通过这部《宋明理学史》，对清理封建思想，建设精神文明，有所裨补。青蓝冰水，则寄厚望于将来的作者。"这些是汉生先生的肺腑之言，也是当年《宋明理学史》编写组的共同心声。正因为此，我现在开始了《宋明理学史》的修订工作。

三、宋明理学的独特范畴

关于宋明理学的社会历史背景，《宋明理学史》中有比较详细的论述，这里不赘述。除此，对理学中的一些独特范畴，其来源、内涵、影响等都试着做较深的论述，这在《宋明理学史》一书中有所反映。

究竟从哪个角度来确定宋明理学的范畴？汉生先生认为，这从周敦颐的著作《太极图·易说》《易通》中可以看到：道、无极、太极、阴阳、五行、动静、性命、善恶、诚、德、仁义礼智信、主静、鬼神、死生、礼乐、无思、无为、无欲、几、中、和、公、明、顺化等，这些来源于《易传》和《中庸》。

邱汉生先生认为，朱熹的学生陈淳在其著作《北溪性理字义》中所列，有25个条目，又有26个条目之说。要了解宋明理学讲的是什么，以及如何进行论说，需要了解其范畴的来源、内涵及其运用，需要进行深入研究。依据汉生先生的研究，"宋明理学家着重研究的儒家经典，首先是《易》，主要是《易传》。理学家用理学观点注释儒家经典，朱熹的《四书集注》就是这方面的典型之作"。何谓"用理学观点注释"？这需要有所阐释，从其中即可看出研究者的功力与见识。

汉生先生认为，宋明理学在中国思想史的发展长河中，有特殊的地位。先秦诸子、两汉经学、魏晋玄学、隋唐佛学、宋明理学，是中国思想史开出的不同花朵。这样说，并不是要颂扬它，也不是说它没有糟粕。在漫长的700年间，理学家辈出，"穷理尽性，以至于命"，其间不能没有值得后人汲取的有价值的思想成果。用历史唯物主义的立场、观点、方法研究前人的思想学术业绩，必然要排除主观的随意性，不宜刻薄，也毋庸偏爱。依据汉生先生的意见，《宋明理学史》

出版后，隔一段时间，应对其进行修订，使之提高学术研究水平，这是必要的。

四、撰写《宋明理学史》，汉生先生给我的几封信

1981年日本京都大学有代表团到我国古城西安访问，他们邀我到他们那里去讲中华文化，用三个月时间。我将此情况写信告诉汉生先生。他回信说这是好事，叮嘱我去了以后，要抽出时间读日本学者写的关于我国宋明理学的研究成果，也要看看台湾学者这方面的学术著作。汉生先生吩咐的事，我是认真去做的。我在给汉生先生的多封信中，说到我看日本学者关于宋明理学撰述的情况，并加以评论。京都大学为我请了翻译，他是在日本侨居的中国福建人黄先生，他给我讲了日本学者研究中国宋明理学的情况。当时我也读了台湾学者在这方面的研究成果，并将读后感想加以归纳，写信告诉汉生先生。我给汉生先生写的这些信函，我选择二三，于2009年收在自选集《乐此不疲集》（首都师范大学出版社，第1版）中。

我们撰写《宋明理学史》时，汉生先生给我写过不少信函，内容都与编写工作相关。如1982年7月27日，汉生先生给我的信中说：

岂之同志：

你好。夏天身体如何？为念。

夏威夷哲学讨论会，开了十天，于前日晚上回到家里。会上遇到岛田虔次先生（研究宋明理学的学者——张注），他问起你。

这一两天，因时差关系，起居颠倒，颇不适应。去的时候，倒没有这个感觉。稍过三两天，我再理一下《宋明理学史》上卷的稿子。

八月，你能来京吗？（我在西安西北大学任教——张注）我想，你如能到出版社来住，商量问题比较方便（当时汉生先生住在沙滩后街人民教育出版社内——张注）。不知尊意以为何？你用一个月时间，把《宋明理学史》上卷稿子再统一遍，大概也就可以了。

听说外老（外庐先生）精神还好；有一个护士专门照拂，只是输血不甚方便，家里消毒条件不如医院。

  即颂

暑祺

汉生
1982 年 7 月 27 日

汉生先生的另一封来函：

岂之同志：

  ……你代外老写给人民出版社金春峰同志的信，复印本已给我。今日《宋明理学史》上卷全部书稿，已送交人民出版社。这样，上卷的工作是完成了，放下了一桩心事。

  祝

健康

汉生
1983 年 3 月 10 日

还有：

岂之同志：

  最近我去南京大学，应邀讲宋明理学，大约十一月中旬回京。一年容易，又快到十二月了。《宋明理学史》下卷编写进度不甚理想。希望如期完成初稿，早些把稿子定下来，交付出版社。旷日持久至五六年才做完一项研究课题，不是很好的。

  率陈不尽，敬问

秋安

汉生
1984 年 10 月 19 日

  读者从以上信函中可以看出，汉生先生对《宋明理学史》的编写工作是有严格要求的。当时，电话还没有普及，汉生先生和我交流关于《宋明理学史》的撰写工作，都是通过书信来沟通的。我也给汉生先生和参加《宋明理学史》编写工作的同志们写了不少书信。为推进编写工作，我和中国社会科学院历史研究所中国思想史研究室的黄宣民、步近智同志商量，每隔两三个月发一期《编写情况通讯》,有表扬,也有批评,督促编写组的同志们。事实证明这是很见效的。

我曾经写过一篇文章①,讲汉生先生的学术研究和甘为人梯的精神,发表于山东大学《文史哲》月刊。我将这篇文章寄给汉生先生,他于1984年10月19日给我来信,其中说:

> 《文史哲》月刊收到,读到你的大作,承奖誉,甚感盛意。在数十年中,无效劳动不少,虚度韶华,令人怅叹。唯望今后局面稳定,同志们能安定无虑,一意工作,把学术研究好好搞上去,能对人民和国家,对自己,都有很大的好处。"逝者如斯夫,不舍昼夜",川上之感,古今所同。唯锲而不舍,能有成耳。

1992年,汉生先生生病住院,我去看他。当时他已不能整句说话,我只听到两个字"宋明"。我想,这或许是他要我做好《宋明理学史》一书的修订工作吧!

今天我面临进一步修订《宋明理学史》一书的任务,回忆

---

① 即《治学浅议》,发表于《文史哲》1984年第5期。

往事,情不自禁地写了以上的文字。岁月在流逝,在学术研究的道路上,会有新的文友一起研究。我希望:外庐先生和汉生先生指导写成的学术研究成果,我们能很好地继承下来,并向前推进。

2017年9月19日于西安市西北大学中国思想文化研究所